BERLIN, KABBALA

PIEKE BIERMANN

BERLIN, KABBALA

: TRANSIT

Gneisenaustraße 2 · 10961 Berlin

Umschlaggestaltung, unter Verwendung des Bildes
»Straße V« von Volker Steltzmann, 1995,
und Layout: Gudrun Fröba
Foto der Autorin: Isolde Ohlbaum
Druck und Bindung:
Pustet GmbH, Regensburg
ISBN 3-88747-120-2

Inhalt

3'21"

Das letzte Mal, das ich dieses scharfe, wuchtige Krachen gehört hatte, war dreizehn Jahre her. Der Wagen war ein Benz gewesen, schwarz, Diesel. Er sah danach vorn etwas kompakter aus, und der Stern fehlte auch. Ich hatte es als ausgleichende Gerechtigkeit verbucht. Daß Mike von Blech mehr verstand als von Haut, hatte er mich die ganzen vier Tage in diesem Küstennest wissen lassen. Arme-Sünder-Glöckchen am laufenden Band machen mich auch nicht geneigter. Und außerdem wirft niemand mir ungestraft vor, im Leben mehr als ein Buch gelesen zu haben und die paar Meter Gehirnwindungen zwischen meinen Ohren als mein persönliches Eigentum zu betrachten. Mußte es *mein* Problem sein, daß Mike seine Position als linksradikaler Alibi-Prolo gründlich mißverstanden hatte? Gut, ich hätte mir nicht *jedes* Abenteuer erlauben müssen. Zumal ich zu der Zeit schon anfing, den jeweils falschen Namen zu keuchen. Aus der Zeit stammt meine Angewohnheit, beim Sex zu nuscheln und Namen überhaupt zu meiden.

Aber, ich kann's nicht ändern, ich stand damals auf Prolo.

Der Regen war inzwischen noch dichter geworden als der Verkehr auf der Autobahn, aber je näher wir Genua kamen, desto freier wurde mein Kopf und der ganze Rest. In diesem Moment fiel mir wieder auf, daß Mike wirklich sexy war. Braun, schlaksig, anmutig hinter seinem Lenkrad. Und was der Mensch braucht, das muß er haben. Oder vielmehr *sie*. Im selben Augenblick bekam ich ein großzügiges Gefühl. Meine Liebe zu mir war ganz rein. Ich wäre nie auf die Idee gekommen, Mike könnte auch vom Autofahren nicht das verstehen, was unkonventionelle Lagen erfordern. Es dauerte ungefähr sieben verspielte Minuten, dann kam er, dieser Kracher mit den schwingenden A's und dem dumpfen Unterfutter. Er kam früh genug, um mir das Schicksal von Helen Garp zu ersparen (und ihm das von Michael Milton). Alles, was ich mir eingehandelt hatte, war ein fünf Zentimeter langer Schmiß über dem rechten Wangenknochen. Den mußte der baumelnde Autoschlüssel gerissen haben. Mein rechtes Ohr war jedenfalls unberührt geblieben. Das war mein erster Gedanke nach dem Schock. Nur das rechte konnte den Krach aufgenommen haben. Das linke lag noch eine Weile eingebettet in einer Jeansmulde, unter der es heiß tuckerte.

Diesmal hatte es heller geklungen und weniger gewummert. Aber vielleicht nur, weil ich es diesmal von außen gehört hatte. Und von obendrüber. Es war auch nicht in eine spannungsgeladene Stille, die sich über das monotone Motorbrummen und die Rhythmen aus trommelndem Regen und scharrenden Scheibenwischern gelegt hatte, hineingeplatzt. Diesmal war ich vorgewarnt. Ich hatte seinen unmittelbaren Vorläufer gehört, gereizt. Ich hasse die Arschlöcher, die unbedingt vor meiner Wohnung Avus spielen müssen. Und meistens kehrt sich der Haß um in rohe Verzweiflung, die Art, bei der man sich nur noch in die nächsten Arme und an die entsprechende Schulter verkriechen und heulen möchte. Besonders wenn ich meine Bänder abhöre und versuche, endlich eine Komposition in den Kopf zu kriegen.

Das Krachen schnitt einfach mitten in einen Satz, den ich gerade in den Hörer brüllen wollte. Ich ließ beide in der Luft hängen, lief auf den Balkon und sah etwas schreiend Lächerliches. Eine schwarz-chrom-glänzende Maschine steckte diagonal von hinten in einem Wartburg, der auf der anderen Straßenseite parkte. Wo der Fahrer geblieben war, konnte ich nicht erkennen. Ich wohne oberhalb der Baumgrenze, und die Bäume stehen neuerdings wieder sehr dicht am Olivaer Platz.

»Doch, Felix, ich muß!« Ich zog die Tasche mit dem Sony-DAT aus dem Regal. »Buch, was du willst, Engelchen. Ich hab doch jetzt keinen Kopf dafür. Ich muß die Töne haben! Ja. Mach. Aber sieh zu, daß es da *leise* ist. Ja, ich dich auch. Kuß! «

Kurz vor dem ersten Stock hatte ich die Kassette drin, und als ich an der Haustür stand, war das Gerät aufnahmebereit. Ich sah auf die Uhr. Mit meinen Bändern bin ich sehr ordentlich. Es hat sich als die sicherste Methode erwiesen, den Überblick nicht zu verlieren. *16 Uhr 27 Freitag 28. Juni: Olivaer Platz gegenüber Nr. 15 Eingang zum Park. Motorrad in Auto gedonnert. Vorgeschichte fehlt.*

■

Es war ruhig wie seit Einführung der Busspur auf dem Kurfürstendamm nicht mehr. Auf der anderen Straßenseite standen die Autos im Stau, und auf meiner schienen sie zu schleichen wie bei einer Prozession. Es war trotzdem riskant, die Fahrbahn zu überqueren. Keiner der Fahrer sah nach vorn.

Ich kontrollierte die Steuerautomatik. Ich war viel zu aufgeregt, die Aufnahme von Hand auszusteuern, denn als ich die silberne Lederhose und die schwarzen Boxerstiefel sah, konnte ich das Adrenalin buchstäblich in mir sprudeln fühlen. Ich kannte diese Kombination. Ich hätte den abgedrehten nackten linken Arm mit der Tätowierung und die schwarzen Stoppelhaare nicht mehr sehen müssen.

Erst recht nicht das, was in einer Blutlache lag und einmal Lisis Kopf und Gesicht gewesen war.

Ich weiß nicht mehr, wie ich zu ihr gekommen bin. Hinterher hatte ich das Gefühl, durch eine unerträglich schwere Totenstille geschritten zu sein. Oder geschwebt. Auf dem Band allerdings ist deutlich leises Pitschen von nackten Füßen auf Asphalt zu erkennen. Lisi war ungefähr zwanzig Meter von ihrer Yamaha weggeschleudert worden, der größte Teil ihres Körpers lag quer über der Fahrbahn, die rechte Schulter über einem Gully und dem Bordstein des begrünten Mittelstreifens und der Kopf unter einem der gußeisernen Querstreben und neben einem der Poller. Eine Einfriedung für die Gras- und Baumvierecke, und damit niemand wild über die Straße läuft, weil das mittlerweile lebensgefährlich ist.

Auch Lisi war absolut still. Von ihr habe ich nicht das leiseste Geräusch gefunden. Aber ich fing, nach 3 Minuten 21 Sekunden, in denen ich sie wahrscheinlich einfach angestarrt hatte, an, auf sie einzureden. Tröstende Worte waren nie meine Stärke gewesen. Früher, in der Schule, wenn eine von den anderen Mädchen Rotz und Schnodder heulte, hatte ich immer für die Logistik gesorgt und Taschentücher oder Kölnisch Wasser organisiert. Das kaschierte meine Unfähigkeit zu frommen Lügen und meinen pünktlichen Hang zum Mitheulen. Da kann man die Uhr nach stellen. Ich finde sofort irgendein »Ja! Ich auch!«, irgendeinen Grund für den großen Dammbruch, irgendeine leicht zu entflammende, weil ewig unerfüllte Sehnsucht nach Einfach-nur-Kind-sein-dürfen-und-behütet-werden.

Dies hier war anders. Nichts war wie sonst. Lisi, die zu allem und jedem das Maul aufmachte, und zwar laut und artikuliert, Lisi schwieg. Und mich hörte ich betteln und besänftigen. Gestreichelt haben muß ich sie auch. Es gibt ein feines Schnurren auf dem Band und ein Dutzend kleine Klapser, als hätte ich ihre Lederschenkel getätschelt. Auch das traute ich mich im Leben nicht. Das Unheimlichste aber war die Stille.

Ich nahm sie wahr, als sie abriß. Sie muß mich in so einen Hall gezogen haben, daß ich den Rettungswagen erst hörte, als er aus der Schlüterstraße die Fahrbahn heraufkam, auf der ich neben Lisi hockte. Ich kenne die Sirene. Sie ist nicht ganz so melodiös-knödelig wie das grünweiße Lalülala und nicht halb so kreischig wie die vom Notarztwagen. Ich höre sie alle täglich, und seit die Mauer auf und davon ist, mindestens dreimal so oft wie vorher. Sie haben sich schneller vermehrt als die gewöhnlichen Fahrzeuge und die Flugzeuge.

Erst jetzt wurde ich auch gewahr, daß um uns herum Leute hechelten und tuschelten und seufzten und hinter uns die Autos weiter über den Flüsterbeton schabten. Die Bremsen des RTWs klangen sehr schrill, als er zwei Meter vor uns auf dem heißen Asphalt stoppte. Ich hörte Türen klappen und Schritte. Ich wußte, was jetzt kam. Ich kenne den Ablauf, auch wenn ich ihn eigentlich nie mit den Augen wahrgenommen habe. Ich habe ihn im Ohr. Die Feuerwehrleute drängen die Neugierigen ab, zur selben Zeit kommt von irgendwoher das grünweiße Lalülala näher und – bei Verkehrsunfällen – die NAW-Sirene. Es folgt Gerenne, Geklapper von metallenen Koffern und Geräten, knapp gezischte Kommandos, Rolltüren, Funkdurchsagen, ein dichtes feingesponnenes Netz aus Tönen, die jeder für sich von äußerster nervöser Anspannung sind, aber zusammenwachsen zu einer wunderbaren Geborgenheit aus Effizienz und Energie. Ich habe viele Aufnahmen davon. Ich bin sogar ein paarmal in einem NAW mitgefahren. Nichts, was ich kenne, geht über die Klangwelt in diesen Blechkästen, in denen alles scheppert, klappert, kreischt, piept. Wenn man drin sitzt, zerreißt einem die Sirene fast das Trommelfell. Es ist der schmerzliche Ausnahmezustand pur, ein Konzert für inneres und äußeres Orchester in absoluter Synchronisation. Wie Sex. Man kann süchtig danach werden.

Seit ich hier lebe, bin ich besessen von dem Traum, diese Symphonie hörbar zu machen. Dafür sammele ich die O-Töne.

Aber ein NAW kam nicht. Nur ein Polizeibulli. Und ein Geräusch, an das ich mich noch nicht gewöhnt habe. Das Gehirn läßt sich viel Zeit, bevor es alte Erwartungen durch neue, passendere ersetzt. Diesen Hubschrauber, den man früher höchstens einmal im Jahr zu hören bekam und der neuerdings einfach statt des NAWs kommen konnte, hatte ich noch nicht gespeichert. Vielleicht boykottiere ich ihn auch. Um mein Gehör zu schützen. Ein landender Hubschrauber in unmittelbarer Nähe zertrümmert die Schmerzschwelle in einer Weise, auf die ich nur mit schierem Zorn zu reagieren imstande bin.

Als die Rotorblätter endlich aufhörten zu knallen, ließ ich die Hände von den Ohren sinken und streckte die Beine wieder lang. Ich war noch immer nicht dazu gekommen, mich zu wundern, warum mich niemand beiseitegedrängt hatte. Wahrscheinlich hielten sie mich für zugehörig und befragten mich gleich. Aber ich hatte Dringenderes zu tun als etwas zu beschreiben, was ich nicht gesehen hatte. Ich hatte nur etwas gehört. Und das war mir plötzlich klar geworden, während ich versucht hatte, das Geknalle von »Christoph 31« von meinen Ohren wegzupressen. Noch einmal hatte ich Lisi von der Ampel Konstanzer Straße heranrasen hören. Oder genauer, heranjaulen. Und ich hatte, während ich mich Felix' hartnäckiger Schmeichelei, ausnahmsweise da Urlaub zu machen, wo man nicht bloß schlafen und Ruhe haben konnte, zu widersetzen versuchte, besonders aggressiv gewünscht, das Arschloch auf dem Motorrad da möge bitte augenblicklich am nächsten Baum enden. Es war, das wußte ich sicher, ein besonders aggressives Geräusch gewesen. Eins, das ich Lisi nie machen gehört hatte.

■

Ich hoffte, daß der Arzt bald beschloß, sie wegzubringen, und daß sie nicht mitbekam, was die beiden Männer in der muckefuckbeigen Uniform beim Hantieren mit Funkgerät und Maßband von sich gaben. Für sie war der Fall eindeutig. Kamikaze-Typen, diese Motorradfreaks. Je eher die sich von allein wegräumen, desto besser. Vor ein paar Minuten hätten wir im Chor singen können. Jetzt nicht mehr.

»Is doch nich normal, sowat«, hörte ich den einen knurren, als ich mich vom Bordstein hochstemmte. Ich wollte auch nicht mehr mitansehen, wie die weißen Herren an Lisi herumfummelten.

»Na, wieso – een Herz für Berlin! Warten doch Dutzende druff!«, feixte der andere.

»Haste ooch wieda recht. Und 'n Paar saure Nierchen und 'ne Fettleber, wa?«

»Ick tippe eher uff Droge, wie die aussieht.«

Das erklärte, wieso »Christoph 31« hier stand und nicht der Notarztwagen. Wo immer sie Lisi auszuweiden gedachten, das mußte sehr schnell gehen, und auch der kreischigste NAW hätte um diese Zeit mindestens doppelt so lange zum passenden OP-Saal gebraucht.

Aber es erklärte nicht, was ich an ihrer Yamaha suchte. Und doch zog es mich zu dem gespickten Wartburg. Vielleicht hatte ich den naiven Wunsch, irgendwo da einfach das entscheidende Detail zu sehen, das mir das Rätsel dieses Jaulens unmittelbar vor dem Kracher gelöst hätte. Aber was sollte ich sehen. Meine Augen sind völlig autonom. Sie folgen ihren eigenen Gesetzen. Sie nehmen alles oder gar nichts oder beides gleichzeitig auf, und ich habe bisher kein System in ihre Ablage gekriegt. Außerdem verstehe ich nichts von Motorrädern. Wie sollte ich mir ein Bild machen von diesem Aufheulen, das immer mörderischer geworden war. Ich hörte es wieder. Es war wie ein innerer

Bandschnipsel, den man sich wieder und wieder vorspielt. Es steigerte sich. Oder wurde es gesteigert? Durch was? Waren da Aussetzer? Unterbrechungen? Versuche, es totzukriegen? Abzuwürgen?

Eine Bö drückte mich gegen das Hinterrad der Yamaha, als ich auf den verbogenen Rahmen des Wartburgs und die Splitter starrte. Kurz darauf knallten die Rotorblätter wieder los. Ich riß die Arme wieder hoch und duckte mich hinter den Wagen. Am liebsten hätte ich geschrien vor Wut und Verzweiflung. Ich schüttelte den Kopf, aber das Schneiden verlagerte sich von den Ohren in die rechte Fußsohle. Endlich ließ das Knallen nach, aber unter meiner Fußsohle kniff es immer noch. Ich stand auf. Es war offenbar noch ein Polizeibulli gekommen, denn jetzt machten sich drei andere Uniformierte an dem Wartburg zu schaffen. Einer kam auf mich zu. Ich hob den Fuß. Wahrscheinlich war ich auch noch in Glassplitter getreten. Aber da war kein Blut. Auf dem Boden lag ein Ring mit zwei Schlüsseln. Während ich mich bückte, schoß mir der ganze Genueser Autobahnfilm durchs Hirn. Adrenalin ist ein besonderer Saft. Ich *sah* Lisi. Ihr heilloses Gesicht beim letzten Versuch, die Maschine auszukriegen.

»Hier!« schrie ich den Uniformierten an. »Der Schlüssel! Das war kein Unfall! Ich kenne Lisi!«

Er nahm mir den Ring ab, kuckte mich mitleidig an und fragte, ob ich etwas abgekriegt hatte.

»Ich! Wieso ich! Ich hab's ja nicht mal gesehen –«

»Na, Sie halten sich da Ihre Backe so, ich dachte –«

»– aber gehört hab ich's! Hören Sie, da stimmt was nicht. Ich hab's gehört!«

Ich ließ die Hand von der Narbe auf meinem rechten Wangenknochen sinken. Ich wußte, sie hielten mich für eine hysterische Zicke, die eben mal ausrasten muß, hat ja schließlich gerade jemand aus ihren Kreisen den Löffel abgegeben. Sie würden nie auf mich hören. Sie würden mir noch dreimal erklären, wie Bremsleitungen funktionieren und daß diese hier vollkommen intakt war. Untersuchen würden sie nichts.

»Kucken Sie mal hier, junge Frau«, flötete der Muckefuckmann, »das kann man deutlich sehen.«

Die Beschwichtigerei machte mich rasend hilflos. »Sehen! Sehen! Ich hab *gehört*, wie –«

»Und daß da einer den Zündschlüssel rausreißt in letzter Sekunde, das haben wir öfter. Nee, Fräuleinchen, da müssen Sie sich mit abfinden. Die meisten Motorradleute sind Selbstmordkandidaten aus Jux und Dollerei. Der hier auch. Kucken Sie sich das an, der hat nicht mal einen Helm für nötig gehalten!«

»Die! Lisi ist eine Frau, Mann!«

»Das macht ausnahmsweise den Fall auch nicht attraktiver.«

Ich mußte weg. Sofort. Irgendwohin, wo ich wieder normal atmen, mit normaler Lautstärke reden und in Ruhe nachdenken konnte. Es gibt einen Ort für so etwas in meinem Leben. Es ist der, an dem Felix jeweils gerade ist.

■

Ich hatte einmal erlebt, wie Lisi vom heulenden Elend zur Furie aufgelaufen war. Mit der Geschwindigkeit von Sekundenkleber. Wir waren spät nachts die Bregenzer heraufgegangen, sie hatte die Maschine stehenlassen, und ich wollte sie in ein Taxi setzen. Sie war fix und fertig, weil ihr Typ, das hatte sie mir im »Engel Gabriel« haarklein erzählt, mit irgendeiner minderjährigen Maus aus Ostberlin vögeln zu müssen glaubte. Stichwort Exotik. Lisi ist Mitte dreißig, wie ich.

»Und weeßte wat?« Ihre Stimme ging wieder in die Knie. »Dieser verpißte Romöopath greift sich ne Mickertaube, du, die ist so häßlich, die darfste bloß mit Maske fotografieren! Aber *icke* fühl ma wie der letzte Dreck. Icke! Dis darf doch wo nich wahr sein!«

Sie blieb stehen und ließ den Oberkörper nach vorn und die Tränen tonlos aus dem Kopf fallen. Ich hatte den Wagen längst gehört, schon als er aus der Düsseldorfer eingebogen war. Ich bin nachts auf Straßen immer im Alarmzustand. Auch mit Felix an der Seite. Er ist selber gefährdet. Er sieht einfach zu weich aus.

»Na, ihr – Täubchen? Wie wär's mit uns dreien?«

Bevor ich mich, wieder einmal, wundern konnte, was so ein Kerl sich von mir und meinem sehnigen, dünnen, kleinen Körper verspricht, hatte Lisi den Kopf hochgerissen, starrte erst in das Gesicht, das aus dem Beifahrerfenster hing, und dann, mit einem bitteren Grinsen, mich an und ging auf den Wagen zu.

»Hör ma, du Knalltüte«, ihre Stimme war jetzt tief und klar, »die Dame hier machste nich mal im Traum an! Und aussehen, als wenn de 'n Riesen flüssig hättest, tuste ooch nich. Also, fick dich selber!«

Mir schlugen Hammer und Steigbügel im Herzrhythmus. Aber ich hatte keine Angst mehr, nur den Instinkt, auf Lisi aufzupassen. Ich hörte den Kerl pöbeln, Unverschämtheit, tausend Mark, das sei ja wohl – und dann, noch gepreßter, wenn wir wüßten, wie sagenhaft er undsoweiter. Der übliche Schleim. Und dann war nur noch Lisi zu hören. Sie schrie ihn zusammen mit einer Lautstärke, bei der in dieser stillen, engen Einbahnstraße alle Fenster hätten aufgerissen werden müssen.

»Wat willst du? Mir erzählen, ick bin keen Riesen wert? Wat gloobst du einklich, wen de vor dir hast, du Gurke du! 'n Stücke Dreck oder wat?« Sie raste um das Auto herum, riß die Tür auf und klatschte ihm ihre eine Hand voll ins Gesicht. »So, und jetzte ziehste dir deine Asphaltblase wieder an und fährst artig in die Heia. Aber hoppla!«

Immer noch schrie niemand um Ruhe. Fenster gingen

erst auf, als der Wagen mit quietschenden Reifen an der Südseite vom Olivaer Platz angekommen war.

»Ahh«, Lisi rieb sich die Hände und hatte ihr aufgeräumtes Gesicht wieder, »und morgen früh hört der Alte dieselbe Oper. Hab ick det nötich? Soll doch mit seine Tussi selig werden! Soll doch selber zusehn, wo er die Knete herkricht für seine Dichterei. Von mir nich. Von mir kricht er nich ma sein Kommpjuta in die Pfoten. Abjestürzt. Det janze Programm!«

Ich trank noch einen Schluck Kaffee und sah Felix an. Er lehnte hinter der Theke und hielt ein Sektglas unter die indirekte Beleuchtung am Regal. Es schien genug zu glänzen, er stellte es zu den anderen und wischte mit dem Geschirrtuch über das gelbschwarze Baustellenschild mit der Aufschrift THINK POSITIVE. Endlich erwiderte er meinen Blick. »Ich glaube, du mußt ein bißchen wieder runterkommen von den Touren, Kleines. Du meinst doch nicht im Ernst, der Dings, wie heißt'n der überhaupt? Der hat Lisi umgebracht? Weil sie ihn vor die Tür gesetzt hat?«

Ich hatte den Namen auch verdrängt, ich konnte Lisis Dichter nie riechen. Ein kleiner Gockel, der immer auf sportlich gestählt machte und auf Huren abfuhr. Ich hielt es für reine Berechnung. Mit was kann so einer schon auffallen sonst. Doch, ich würde mich erkundigen, ob er sich auch für Motorradsport interessierte und mit was für Dichtungen er heute so beschäftigt gewesen war. Scheiße! Ich wußte zu wenig von der Art von Technik. Kann man eine Maschine so manipulieren, daß sie einfach nicht mehr runterzuholen geht, obwohl die Bremsen in Ordnung sind?

»Oder denkst du an den Wichser im Auto da? Wie lange ist denn das her?«

»War Mitte Mai, einer von den ersten warmen Tagen, weißt du noch?« Ich mußte Felix zu meinem Komplizen machen. Ich hielt es nicht aus, wenn wir in so aufregenden Sachen nicht auf derselben Welle funkten. »Nachmittags waren wir am Teufelsberg gewesen, baden, ich meine, *wir* beide.«

»Na schön, Kleines, fang mal an: Was für ein Wagen war das, Farbe, Kennzeichen, wie sah der Typ aus, Kleidung Haarfarbe ...«, er beugte sich über die Theke, nahm mein Gesicht in die Hände und grinste triumphierend.

»Felix, du bist ein Arsch! Du sollst mich nicht runterreißen, du sollst mir helfen. Du weißt genau, daß ich als Augenzeugin dieselbe Fehlbesetzung bin wie dieser stotternde Mann als Telefonist in dem Hotel da in Dublin!«

Er zog die Hände weg. Er mag es nicht, wenn er nicht so helfen darf, wie es ihm paßt, sondern das bringen soll, was man braucht, wenn man Hilfe braucht. Wir kriegen uns immer darüber in die Wolle. Da kann man auch die Uhr nach stellen. Aber dazu hatte ich jetzt keine Zeit.

»Ich brauche einen von dieser Schrauber-Gang, Engelchen. Kommen die nicht auch hierher?«

Er grinste versöhnt und holte das Telefonbuch unter der Theke hervor. »MCC. Zwei sehe ich manchmal, aber ganz spät meistens. Vor eins nicht. Hier – Motorradclub Charlottenburg. Da. Frag sie.«

Er wählte für mich und gab mir den Hörer. Es klingelte mindestens zehn Mal. Niemand nahm ab.

»Hat Lisi eigentlich geackert in letzter Zeit?« Felix polierte weiter Gläser. Es war noch früh, halb acht, die Zeit, in der das »New Aids« am leersten ist. Ein paar übriggebliebene Frühstückshänger und ein paar, die außer der Reihe etwas auszutragen hatten, waren die einzigen Gäste. Bis zehn, halb elf, wenn die ersten Kino- und Theaterbesucher kamen, würden sie es bleiben. Voll wurde es erst ab Mitternacht, in jeder Beziehung. Dann waren die Leute abgefüllt, die Luft satt von flüssigen Henkersmahlzeiten, Galgenhumor und Tragödien, die beiden kleinen Räume und der enge Gang vor der Theke dicht. Dann quollen sie über von Schnulzen, Stimmengewirr, Gekicher, Geschrei,

Gezeter. Ich weiß nicht mehr genau wann, aber hier war mir die Idee zu *meiner* Großstadt-Symphonie gekommen. Hier hatte ich die ersten O-Töne gesammelt. Vielleicht, weil das »New Aids« mein verlängertes Wohnzimmer war, seit Felix Abend für Abend hinter der Theke stand. Felix war der einzige Hetero im Projekt und als einziger HIV-negativ. Obwohl ich auf beides keine Hypothek aufgenommen hätte. Aber es interessierte mich auch nicht. Felix und ich hatten nicht die Art von Sex, bei der sowas eine Rolle spielt.

»Und wie sie geackert hat!« sagte ich und drehte meinen Kopf wieder weg von dem dürren Jungen mit der Baseballmütze über dem kahlen Schädel, der im Rollstuhl saß und sich aus *Magnus* vorlesen ließ. Von seinem Freund? Seinem Pfleger? »Wahrscheinlich gibt's wirklich kein besseres Gegengift, wenn einen der Lover kaltgestellt hat.«

Ich drückte auf die Wahlwiederholung. Diesmal nahm jemand ab. Ich erklärte ihm, was ich wissen wollte, und Felix schob mir einen Zettel und einen Filzstift hin. Ich schrieb Wörter auf, die ich nie gehört hatte. Von Anschlagschrauben am Vergaser war die Rede, von einem Gasgriff und einer Drosselklappe und einem Gasschieber und einem irgendwie dazugehörenden Gestänge. Der Killschalter gefiel mir besonders. Am allermeisten aber gefiel mir, daß das, was ich mir zusammengereimt hatte, machbar war.

»Wenn der sich auskennt mit Maschinen, denn macht der det in'n paar Minuten. Wat is'n det für ne Maschine? Ja, easy. Die XS 750 ist alt jenuch, da kommste locker an 'n Verjaser.«

»Aber wenn man dieses Drosseldings da verstellt, geht dann nicht auch das – Mensch, wie heißt das!«

»Standgas? Is richtich. Da fährste jar nich erst mit los. Nich als Profi ...«

Aber man könnte ein Motorrad auch so präparieren, daß es erst etwas später auffiel. Dann, wenn nichts mehr ging.

Kein Kupplung- und kein Schlüsselziehen. Damit erklärte sich das Aufjaulen, das ich gehört hatte.

»Und denn kann man natürch uff Nummer Sicher jehn und den Killschalter bearbeiten, also det Kabel am Lenkrad. Wo is'n die Maschine jetze?«

Ich nahm an, daß sie sie längst aus dem Wartburg gehievt und weggeschafft hatten. Wohin? Sicher nicht zu irgendeiner Untersuchung. Aber das würde ich morgen rauskriegen, wenn ich zur KriPo ging und eine Anzeige machte. Diese Überlegung schien Felix zu beruhigen. Er stellte mir noch einen Kaffee hin.

»Wählst du mir mal die Carina-Bar?«

Das tat er auch. Und ich hatte Glück. Fatima, die saudiarabische Prinzessin hinter der Bar, die weder Fatima hieß noch Prinzessin noch Araberin war, sondern Türkin, war viel zu früh da und tat vermutlich das, was Felix gerade hinter sich hatte. Ich hörte ein gläsernes Klirren, als ich ihr den Grund meines Anrufs gesagt hatte. Und ein langes Schweigen.

»Und ist sie – tot?« fragte sie schließlich leise.

Ich hatte mir die Frage bisher verboten. Ich hatte weder die Polizisten noch die Feuerwehrleute gefragt. Ich hatte mir auch keinen Reim auf den grauenhaften Anblick ihres zerschmetterten Kopfes gemacht. Ich hatte mich an die Stille gehalten, die von Lisi ausging. Totenstille. Ich spürte, wie etwas mir den Hals zuschnürte. Natürlich. Sie mußte noch gelebt haben. Nur Fast-Toten werden Organe entnommen. Was wenn sie das alles überlebte. Ohne ihr Hirn, ohne ihre Stimme, nur mit ihrem Haß.

Nachdem wir uns ausgeheult hatten, fragte ich Emine nach Lisis Dichter. »Und was ist mit Gästen – hattet ihr in letzter Zeit einen, mit dem sie Ärger hatte?«

Emine versprach, sich umzuhören, und ich versprach Felix, keine unnötigen Risiken einzugehen.

■

Ich hatte recht gehabt. Lisis Yamaha war weg. Aber der Wartburg stand noch da, aufgerissen und zermatscht. Ein Mann sprang fassungslos um ihn herum und zertrat immer wieder die Häufchen, zu denen eine Frau in Muckefuckbeige die Splitter zusammenfegte. Wahrscheinlich der Besitzer.

»Wissen Sie, wo das Motorrad hingekommen ist?« fragte ich die Uniformierte.

Sie wollte es mir nicht sagen. Vielleicht wußte sie es auch nicht.

»Wissen Sie denn, ob es untersucht wird? War die KriPo da?«

»Na, sagen Sie mal, Sie haben Nerven! Glauben Sie, die KriPo hat Zeit, sich auch noch in Verkehrsunfälle reinzuhängen mit dem ganzen Streß im Osten da jetzt?«

Ich ging nach oben und legte mich in die Badewanne. Ich hörte das Band noch einmal ab, und zum ersten Mal haßte ich die ganze Aufzeichnerei. Mir wurde plötzlich klar, daß ich das einzige wirklich Bedeutende nicht hatte. Was sollte ich mit dem anderen Quatsch. Selbst Lisis absolute Stille, die erschütterndsten Minuten, war absurd. Sowas versendet sich. Komplett. Man muß es künstlich nachstellen. Aber was für einen Sinn hatte es, einen schalltoten Raum zu bauen, um eine echte Totenstille zu simulieren? Was für einen Sinn hatte überhaupt dieses ganze Symphonie-Getue? Ich würde die nie hinkriegen. Und selbst wenn: Wer würde sowas produzieren? Hören? Ich schaltete das Band ab. Ich fühlte mich grenzenlos allein und nutzlos. Und mir fiel nichts Besseres dazu ein als die Frage, ob sich Felix wenigstens *auch* so für mich ins Zeug legen würde, wenn mir sowas passierte, wie's Lisi passiert war. Natürlich fand ich nicht die Antwort, die ich mir wünschte. Als ich mich auch noch sagen hörte: »Sie müssen sich damit abfinden, Fräuleinchen, Sie können nicht mal sicher sein, daß der Ihnen nicht selber was antut! Männer sind nun mal der Risikofaktor Nummer 1 in der Kriminalstatistik!«, sprang ich aus dem Wasser, zog mich an und lief in die »Carina-Bar«.

■

»Rolf heißt der Typ, die Nummer hat Romana auch, aber da mußt du'n Augenblick warten. Die ist grad auf Zimmer.«

Es tat gut zu hören, daß Emine alles im Griff hatte. Am frühen Abend, bevor die ersten Gäste kamen und die Mädels die Chance hatten, sich den Kopf zuzusaufen, hatte sie eine Art Krisensitzung veranstaltet. Sie selbst konnte sich an einen etwa vierzigjährigen Mann erinnern, den Lisi eine Zeitlang immer wieder bedient hatte, nachdem zwei von den anderen Mädels sich nicht mal mehr zu ihm setzen und im Barraum einen Cocktail mit ihm trinken wollten.

»Ganz koscher war der nicht. Als wenn dem irgendwas im Nacken saß, so, ich weiß nicht. Und eher die Sorte auf brutal, wenn man nicht spurt, wie er sich das gedacht hat. Aber erst, wenn er einen drin hatte, vorher nicht. Unter eins-drei Promille war der wie abgeschaltet. Das letzte Mal, wie der hier war, da ist Lisi nach zehn Minuten aus dem Séparée gestürzt gekommen und hat sich ins Klo verzogen, bis der weg war. Zu dritt haben wir den rausbugsiert. Du, der hat die halbe Straße zusammenrandaliert!«

Er hatte sie beschimpft, weil sie einfach nur neben ihm im Séparée gesessen und keinen Finger gerührt hatte. Aber das lag daran, daß er kein Geld dabei und sie nicht die Angewohnheit hatte, umsonst zu arbeiten oder Kredite zu geben. Als er begriff, daß sie nicht zu erpressen war, hatte er gedroht, sie anzuzeigen, weil sie ihn angeblich angesteckt hatte.

»Das hat er auch noch auf der Straße rumgebrüllt. Er hätte sich hier Aids geholt, naja, die ganze Litanei.« Emine stöhnte einmal energisch auf und flüsterte dann weiter. »Scheiße mit Reis ist das. Ausgerechnet Lisi – die hat keiner dazu gekriegt, ohne Gummi zu machen. Die hat die den Gästen aufgelutscht, ohne daß die 'ne Ahnung davon hatten. Nee, Lisi nicht. Ums Verrecken nicht!«

Schließlich war er auf ein Motorrad gestiegen und weggefahren, aber eins der Mädels hatte ihn ein paar Tage später damit vor einem der Kaufhäuser in der Wilmersdorfer langschieben sehen und sich die Nummer aufgeschrieben. Seinen Namen und seine Adresse herauszufinden, war nicht mehr schwer gewesen.

■

Ich verließ die »Carina-Bar« mit zwei Namen, Adressen und Telefonnummern und überlegte auf dem Weg ins »New Aids«, welcher von beiden Männern mein Kandidat war. Lisis Dichter kannte ich. Zutrauen tat ich ihm alles. Lisis Freier kannte ich zwar nicht persönlich, aber als Typ. Und wenn es gar keinen Kandidaten gab, weil niemand Lisis Yamaha präpariert hatte, sondern sie eben doch selbst –? Wieso hatte sie den Helm, den sie immer an den Lenker kettete, wenn sie abstieg, nicht aufgehabt?

Es gelang mir, Felix zwischen ungefähr dreizehn gezapften Bieren, mehreren Wodkas, Wassern, Weinen und Säften den Stand der Dinge durchzugeben. Dann zog ich mich mit dem Telefon in einen winzigen Verschlag zurück, der als Küche und Büro des »New Aids« herhalten mußte. Ich hatte noch einmal Glück. Der Typ vom MCC war gerade mit seinem Freund auf dem Weg hierher. Ich bat ihn, einen Extra-Helm mitzubringen und legte auf. Ich setzte mich auf einen Stapel Weinkisten und spürte, wie das Gefühl von Alleinsein und Nutzlosigkeit wegbröckelte. Ich wußte, das hier würde ich schaffen. Noch in dieser Nacht. Es würde sich klären. Ich zog das

Sony aus der Tasche und hörte mir noch einmal die Beschreibung des Freiers an.

■

Ich weiß nicht, wann ich das letzte Mal so beklemmte Minuten durchgestanden habe wie auf dem Weg zu diesem Dichter, den ich, in die Ledermontur vor mir verkrallt, auf dem Rücksitz einer Harley Davidson zurücklegte. Hinter mir fuhr der andere Junge vom MCC. Der Dichter wohnte in der Sächsischen Straße, und wir mußten an der Stelle vorbei, an der ich vor Stunden neben der stillen Lisi gehockt hatte.

Er war tatsächlich zu Hause, er schien direkt aus dem Bett zu kommen, und ich sah auch die Maus einmal kurz durch den Flur huschen. Aber der Dichter hatte keine Ahnung von Motorrädern, das fanden die Jungs in fünf Minuten heraus.

Der Freier wohnte Jottweedee. Als wir endlich vor seiner Haustür in Spandau standen und die Maschine sahen, war ich einen Moment lang nicht sicher, ob ich den Jungs nicht lieber schnell erklären sollte, wie ein Sony-DAT funktioniert. Es war halb zwei. Zu der Zeit fange ich normalerweise allmählich an, Sehnsucht nach der Sicherheit meiner eigenen vier Wände zu kriegen. Aber ich konnte jetzt nicht abbrechen. Ich mußte das jetzt bis zum Ende durchziehen. Außerdem – dies hier würde vielleicht meine erste richtig bedeutende Aufnahme. Hat jemand schon mal den O-Ton von einem echten, spontanen Geständnis aufs Band gekriegt?

Natürlich hat er kein Geständnis abgelegt. Aber was er an widersprüchlichem Gekeife und Gebrabbel produziert hat, das kann man auch nicht nachstellen. Und ich fand Lisis Helm, zwischen Gerümpel hinter der Flurtür. Ich *sah* ihn, als wäre ich die verläßlichste Augenzeugin der Welt.

Ich roch sogar ihr Parfüm noch. In diesem Moment konnte ich mir vorstellen, jemanden umzubringen.

Natürlich ist nichts davon auf dem Band. Aber dafür ein sauberer O-Ton (4'37") von einer echten Schlägerei mit splitterndem Holz und raschelndem Leder und Schreiereien und allem. Und mein Anruf bei der KriPo, natürlich, und sieben Minuten später das melodiös-knödelige Lalülala.

Mai 1991

7.62

Schule? Was für 'ne Schule denn? Mit was soll ich Schule gemacht haben! Was will die Kuh von mir? Wenigstens sind die Türen hier nicht halb so laut, wie sie aussehen. Kenn ich noch gar nicht: Metalltür mit Schalldämpfer. Bei der DGST rast dir die Panik die Speiseröhre runter, wenn einer die Tür nicht festhält. Hier – wie im Kühlhaus. Wmmmpfff. Kllleggg. Fies sind bloß die Schlüssel. Aber jetzt ist sie weg damit. Gott sei Dank. Trampel. Die quietscht ja vor Freundlichkeit. Wie ihre Gummisohlen. Bergaufschuhe. Lassen dem Fuß seinen natürlichen Lebensraum. Claro: Wir schlürfen alle nur noch Eier von freilaufenden Hühnern! Und auf anderer Leute Nerven trampeln wir auch nur noch mit dem echten Bergaufschuh rum. Hinten schön tief gelegt. Wenn die 'n Mann wäre, würd sie Manta fahren.

Schule gemacht. Ich – fffhhh. Eben nicht. Nicht mal mit dem, was ich nun wirklich kann. Und zwar besser als die. Alle! Das hat ihnen doch am meisten gestunken. Daß sie neben mir so alt aussehen, wie sie nie werden. Eines Tages pustet die jemand weg. Früher oder später. Ein Schuß in den Schädel, und du bist eine Schönheit. Geht ganz schnell. Schnarchsäcke! Die haben doch innerlich schon Efeu um die Beine ranken. Darum bin ich doch hier. Claro. Das liegt auf der Hand wie der Schweißfilm beim ersten Einsatz.

Damit die mit mir hier endlich Schule spielen können. Sonst hätten sie mich nämlich woanders reingesetzt. Nicht ausgerechnet vor 'n Fenster direkt auf die Stadtautobahn. Sechsspurig. Und mitten in der Einflugschneise von TXL! Claro. Damit ich endlich lerne, wer das Kommando hat. Jawoll-Schäff! 'ss'n'ornunk, Schäff! Bi'zzzehr! Darauf einen Dujar-PÄNNNG! Nee nee nee nee nee. Der Krach kam von oben, und päng war das auch nicht! Ganz ruhig: Das war ein Donner. Denn jetzt gehen da oben die Schleusen auf. Gott sei Dank. Und da ist auch 'n Blitz. Ganz im Südwesten. Aber das Bild, das war doch unten? Claro: Drei Schlitten, *eine* Knautschzone. Sauber! Melde Stadtautobahn Nord Auffahrunfall über zwei Fahrspuren in Fahrtrichtung Flughafen/Jakob-Kaiser-Platz. Der Soundtrack ist echt himmlisch. Jetzt noch 'n Blitz. Südöstlich. Der ist aber niedlich. Momentma. Haltma. Was ist das für 'n Wölkchen da kurz unter dem einen – wo kommen *die* überhaupt her, die vier Hubschrauber? Wieso hab ich die nicht gehört! Scheiße. Ich war auf die Autobahn fixiert. Kapitaler Bock. Flexibilität und Sicherung des *ganzen* Umfelds – sausen lassen. Gibt satten Punktabzug. Nochmal, gaaanz ruhig: Der erste Hubschrauber zieht weiter. Der zweite trudelt. Der dritte – Momentma! Haltma! Da war doch überhaupt kein Blitz weit und breit. Wieso explodiert der? Großergottmeckn'm! Der ganze Arsch reißt dem auseinander! So sieht das also aus. Wo ist denn der – ach da. Der vierte trudelt auch jetzt. Mann, dreh ab! Da – *das* ist ein Blitz. Das heißt –. Das heißt – Quatsch! Soweit sind wir ja nun doch noch ni –. Obwohl: 'ne Strela kann auch nicht schwerer zu beschaffen sein als das andere Zeug. Ja klar. Claro! Der braucht bloß irgendwo in Mitte zu hocken. Oder vorderes Pankow. Die Strela holt alles vom Himmel, was tief genug fliegt. Hubschrauber. Flugzeuge im Landeanflug. Ouh ouh ouh. Einer kam durch. Wo sind die eigentlich runter, die andern? Der zweite in die Schrebergärten nebenan? Die Stücke vom dritten überm Westhafen wahrscheinlich. Der vierte auch, aber komplett. Mal abwarten, ob der noch explodiert beim Aufschlagen. Blöde Bäume! Und wenn das so weitergießt – was ist überhaupt auf der Autobahn los inzwischen. Wenn das so weitergießt, kann ich überhaupt nichts mehr sehen. Sind da Feuerfetzen runter – nee: Das mittlere Auto brennt. Jaja, rennt ihr schön. Laßt schön eure Scheißkisten stehen und macht, daß ihr wegkommt da! Gut so. Sehr schön. Gott, was für 'ne himmlische Ruhe.

Achso? Momentma. Haltma. Hat die *das* gemeint mit ihrer Schule! Nee nee nee nee nee. Kann die gar nicht gewußt haben. Außerdem würd ich niemandem beibringen, sich mit fuffzehn Kilo zu behängen. Mir haben die elf Pfund gerade gereicht. Gut zwei Beutel Kartoffeln. Typisch Typ. Und typisch Stümper. So was hätte bei mir die zweite Ausbildungsphase nicht erreicht. Das war reichlich mehr als 'ne Minute zwischen den beiden Schüssen. Und dann setzt der auch noch eine Rakete daneben. Mindestens. Dabei ist die Strela 72mm nun wirklich das Treffsicherste, was man kriegen kann. Und vier Hubschrauber artig wie beim Weißen Riesen auf der Wäscheleine das Simpelste, was einem am Korn vorbeischleicht! Der hat bestimmt immer schön im Liegen geübt da drüben in seiner ruhmreichen Übungsmulde. Bloß nicht überarbeiten, wa? Und jetzt mußt' er mal stehen. Auf'm Balkon von seiner privilegierten Dreiraumwohnung. Für friedliebende Streitkräfte und sonstige aufbauende Persönlichkeiten. In irgendso'm Plattenkasten da. Leipziger Straße. Holzmarkt. Die Gegend. Oder hinter der Gardine. Echt scharf getarnt!

Aber die Tarnung mit dem Gewitter – daß er dadrauf gekommen ist. Nicht ganz blöd.

■

Die haben sie doch nicht alle. Was wollen die eigentlich. Hab ich vielleicht nicht für das satteste Transplantationsaufkommen seit Bestehen des Herzzentrums gesorgt? Stand doch groß in der Presse. LUFTBRÜCKE FÜR EUROPAS HERZPATIENTEN – SPENDERSCHWEMME IN BERLIN. Zehn Zentimeter hoch. Und das war noch, bevor ich endlich die verdammten Patronen hatte. Zwölf Magazine à 3 Schuß 7.62 x 51 Duplex. *Die* waren original Nato. Möchte nicht wissen, durch was für 'ne Schleuse die gekommen sind. Hat die RAF nicht auch Munitionsdepots abgegriffen? Claro: Das waren Grabbeigaben für ihre Kumpels, bevor sie die entsorgt haben da in Stasiland. Früher oder später ... Denn der schwitzige kleine Mops, der sie mir vertickt hat, der war – der hat doch bis heute keinen Fuß in den Westen gesetzt. Der war doch so was von allseits gefaltet, der weiß überhaupt nicht, daß das Wort Beschaffen links vom Warschauer Pakt auch nicht aus 'm Lateinischen kommt. Bis der mir mal *zugehört* hat! Ich wette, wenn den mal jemand im Westen auf 'n anständiges Filetsteak einlädt, aus dem das korrekte Fädchen Blut läuft, dann kräht der auch: Frollein, das Kottlett is nich durrrch! Die Mauser SP66 jedenfalls hat der bei dem Geschäft das erste Mal im Arm gehalten. Claro. Hätte mir ja auch lieber eine von seinen Makarows oder Stetschkins angedreht.

»Ich brauch ein Gewehr und keine Pistole, die hab ich längst!«

»Denn nehm Se ne Simonow. Oder Kalaschnikow. Die ham ooch siemsweensechtsjer Munission. Und vor allning kenn Se da unsere Patron für nehm. Denn jibs ooch keen Engpaß mitten Nachschub. Da ham wa Übersoll.«

»Die sind alle keine 51 mm lang, was soll ich damit!«

»Die Emmdreinfrrtsjer jilt aber als Bestware. Und is für die Kürze würkich sehr schnell und pr'tsiese.«

»Aber nicht schnell und präzise genug!«

»Müssen Se selber wissen. Jehmfalls is die Mauser n Fall von Bückware. Und ob ick anne Nato-Mittelpatrone rankomme derzeit – der Preis wär denn natürch ooch dementsprechend.«

Claro, Genosse Dealer. Gut gelernt. Marktwirtschaft ist, wenn man die Kundschaft für so blöd hält, sich erzählen zu lassen, daß eine Mauser SP66 7.62 unglaublich schwer zu besorgen ist, wa? Bloß Pech, wenn jemand zufällig genau weiß, daß die in alle Welt geht und also auch wieder zurückkommen kann. Ganz schnell und präzise. Sogar auf die Müllkippe Jüterbog.

■

Ouh ouh ouh. Das gibt Katastrophenalarm. Großeinsatz. Alle Wachen. Das muß der Westhafen sein, wo der Rauch hochsteigt. Wenn jetzt noch irgendwo'n Blitz einschlägt – dann ist aus. Bingo. Keine Landeanflüge mehr? Claro: Die müssen das gesehen haben im Tower. Ob die die umleiten? Nach Tempelhof? Schönefeld – die armen Passagiere. Da können sie dann auch noch zusehen, daß sie sich in die S-Bahn quetschen. Dreimal umsteigen. Taxis kannste ja vergessen da. Die erste halbe Fokker 50, und die Kutschen sind alle weg. Weil die Kutscher Westberlin nämlich immer noch nicht kennen und doppelt solange brauchen. Und vor allem, weil sie nach vierzig Jahren als bessere Menschen im warmherzigen, solidarischen Sozialismus nicht mal mehr hinkriegen, Kollegen zu rufen, wenn 'n Geschäft für alle drin ist! Ich kenn die doch. Hab oft genug versucht, 'n Taxi zu schießen für meine durchgeknallten Krakeeler, wenn sie die wieder mal in'n Hotel im Osten gesteckt und die Konzerte im Westen abgezogen haben! Das ist nämlich der dämlichste Witz, der mit den Ostkutschern und daß man denen bloß seinen Namen sagen muß und dann wissen die die Adresse automatisch. Weil die ja alle vorher bei der Stasi waren. Aber wie sie da*hin*kommen – ach, ist ja auch egal. Jedenfalls reißt da unten jetzt der Himmel auf. Der Regen wird auch weniger endlich. Im Grunde 'n Wetter wie bei meinem ersten Mauser-Einsatz. Ganz schneller Wechsel, aber das Gewitter lag in der Luft. Ziemlich genau. Brotmesserwetter. Seit Tagen schon. Wenn der Mops da in Jüterbog sich nicht so ewig Zeit gelassen hätte mit den Magazinen – insofern war das absolut 'ne Glanzleistung! Ich hatte ja überhaupt keine Zeit zum Einarbeiten. Und 'ne Mauser ist ein verdammt anderes Feeling als die HK G3, mit der ich gearbeitet habe. Sechs Jahre lang. Von *meiner* verdammten Lebenszeit! Sechs verdammte Jahre lang der helle Wahn, ich komme endlich raus aus'm Knast und kann mich entfalten.

Aber ich konnte mir die Hochzeit einfach nicht entgehen lassen. Das waren mindestens zwanzig, dreißig auf einmal! Und wenn die Mauser x-mal fast zehn Zentimeter länger ist und über 'n Pfund mehr wiegt. Kann ich vielleicht was dafür, wenn Scharfschützengewehre der Polizei so schwer zu finden sind, daß ich sie nicht bezahlen kann? Bin ich vielleicht Eveline Hardbolt und zahle den Angestellten der Firma meines Mannes derartige Hungerlöhne dafür, daß sie auf aufgemotzte und vollgekokste Popstars aufpassen? Nein. Bin ich nicht. Ich hätte die Firma auch nicht Deutsche Gesellschaft für Sicherheitstechnik genannt und dann mit lauter Pfeifen bestückt, die einem die Deutsche Gesellschaft für Schlaftabletten nun wirklich in den Mund legen! Claro. Sicherheitstechnik – fffhhh. Die können doch nicht mal das Wort Mannstopper buchstabieren! Aber auf Dick Tracy machen, wenn sie wieder einen beim Krankfeiern erwischt haben. Damit macht der doch seine Kohle inzwischen. Und 'n bißchen Personenschutz und Verletzung der Intimsphäre. An die wirklichen Dinger kommt der gar nicht ran. Industriespionage, so was. Seit die Treuhand der weltgrößte Konzern ist, schon gar nicht mehr. Der wirft sich doch nicht dem Staatsschutz zwischen die Beine! Der hat doch viel zu viel – und *sie* erst! Jedesmal die Waffenschränke persönlich gecheckt, wenn ich Schluß hatte. Damit ich ja keine Dummheiten mache, jedenfalls nicht mit registriertem Zeug aus der Firma Strapski & Harsch! Wer hat den Namen überhaupt erfunden? Echt urkomisch. Da haben sie bestimmt alle herzlich gelacht. Aber auch nur, wenn vom Hohen Paar gerade keiner da war. Claro. Sonst doch nicht. Die kuschen doch schon in fünfhundert Meter Abstand von der DGST-Tür. Außer Lincoln, claro. Aber der hat's auch nicht nötig. Der kann *auch* was. Spitzenschütze. Army eben. Und Spezialist für Überleben. Möchte wissen, wo der seine Wut läßt. Den lassen sie auch nicht hochkommen. Die ganzen weißen Schweinebäuche. Claro. Das können sie nicht haben, daß ein Schwarzer sie in die Tasche steckt. Die von der Stasi, die neuen, schon gar nicht! Kein Ehrgefühl. Nie 'n offenes Visier. Deshalb kriegen die auch keinen Witz hin. Claro. Eveline Hardbolt als Strapski – harharhar! Ich wette, wenn einer von den beiden Strapse anlegt, dann Hans-Rüdiger. Sie ist doch die Harsche. Und knickerig. Die kriegt auch die Krätze, wenn sie 'ne Krankmeldung sieht. Ist ja 'n Kostenfaktor. Claro. Kann sie wieder nicht soviel lockermachen und noch 'n Abrißhaus in Ostberlin kaufen. Muß sie wieder 'ne Firma aufreißen, die 'n Haufen Kohle dafür hinlegt, daß die DGST mal nachkuckt, ob die Milarbeiter vielleicht gar nicht krank im Bett liegen, sondern 'n paar Mark nebenbei verdienen. Früher oder später. *Die* kriegen sie alle früher. Claro. Weil's ungerecht ist. Absolut unfair. Deutsche Gesellschaft für Sozialterror!

Der mit seiner verdammten Strela auch! Der hat sie doch nicht alle. Was soll 'n das, Laubenpieper ausrotten! Das ist doch was ganz anderes als – aber genauso war das vor zwei Wochen! Ganz schnell wieder hell. Und der Platzregen sofort eingezogen. Die Rettungswagen waren schon wieder von ziemlich weit hinten in Sicht. Haben ziemlich lange gebraucht. Ouh ouh ouh. Aber für die drei war sowieso alles zu spät. Auch Scheiße, wenn man auf Stangenmagazine mit zwanzig Schuß trainiert ist. Dauerfeuer interessiert mich ja nicht. Aber bei zwanzig Schuß Vorrat kannste eher schon mal einen danebensetzen. Hab ich aber nicht. Keinen einzigen. Obwohl die 'n ungewohnten Rückstoß hat, die Mauser. War absolute Maßarbeit. Vor allem, weil's ja dann auch noch plötzlich dunkel war. Knapp vor dem ersten Blitz. Dann der Wolkenbruch. Ich hab schon gedacht, die kommen gar nicht, die warten erst mal ab mit ihrem Motorradkorso die Schlachtenseestraße lang zum Avus-Treff. Und ich kann einpacken und die nächste S-Bahn nehmen. Aber die sind gekommen. Und wie! Die sahen nicht mehr aus wie die Rambos vom Harley-Davidson-Club. Ganz kleinlaut. Weil sie nämlich vor lauter Schreck vom Gas runter sind. Beim ersten Blitz! Kein Roanng-Groanng-Groaoanng mehr. Und ganz eng zusammen über die ganze Straße wie aneinandergekuschelt, die Hühner! Zu spät, ihr Arschlöcher! Schönen Dank auch fürs Langsamfahren! Und für die Ruhe! Da wird meine Hand gleich noch viel viel ruhiger. Die erste Duplex hat den Fahrer mit dem weißen Flatterband am Lenker und der Braut hinten drauf erwischt. Exakt zwischen Helm und Panzerweste. Jaja. Hatten sie auch alle an. Brav, Jungs. Dafür habt ihr noch mal ordentlich abgedrückt, wa? Linke Halsschlagader. Der war Matsch, der Hals. Endgültig fertig. Die zweite ging in einen Hals mitten im Pulk. Die dritte auf den Helm vom Schlußmann. Da wo das Ohr ist. Voll rein. Und in letzter Sekunde, bevor der in den ganzen zusammengedonnerten Haufen rasen konnte. Drei Treffer und mindestens ein Dutzend Tote. Ein paar sollen ja immer noch auf der Schippe schweben. Ohne was ist keiner davongekommen. So macht man das, du Strela-Stümper. Von denen geilt sich keiner mehr auf, wenn er den Motor hochjagt und die Leute auf 'm Fußweg vor lauter Panik 'n Satz machen! Von denen rast auch keiner mehr über 'n Bürgersteig und nietet um ein Haar alles um, was nicht schnell genug wegspritzt! Von denen reißt mir keiner mehr die Trommelfelle in Fetzen! Nie mehr. Schluß. Aus. Bingo.

Der Wolkenbruch war auch echte Präzisionsarbeit. Die paar Fahrgäste, die an 'nem Sonnabendnachmittag auf dem S-Bahnhof Schlachtensee stehen, haben ganz schnell Deckung gesucht, und ich konnte in Ruhe die Mauser zerlegen und in die Golftasche packen. Und aus dem Gebüsch kommen mit meinem Sonnenschirm und meinem Klappstuhl. Und mich auf die andere Seite des Schlachtfeldes begeben und mir die Wirkung von 7.62er Duplex-Patronen aus der Nähe ansehen. Claro: Das Gekreisch von den ganzen Martinshörnern war noch 'ne Tortur. Aber dann war Ruhe. Himmlische Ruhe. Absolut friedlich. Sogar mit zwei Kollegen aus meiner alten Truppe hab ich mich unterhalten. Claro! Ja, schade, daß man von da unten vom Schlachtensee aus nix sieht, wirklich, sonst hättet ihr endlich 'n brauchbaren Augenzeugenbericht gekriegt, doch. Und dann kam auch noch Harry Groß, die Ratte. Scheißfreundlich plötzlich. Claro. Das hätte mich warnen müssen. Claro claro claro!

■

Dabei *war* ich ja mal bereit gewesen, den inneren Blauhelm aufzusetzen, verdammte Scheiße noch mal! Ich *hatte* mich doch abgefunden mit dem Rausschmiß. Man muß ja nicht unbedingt sein Geld bei der Polizei Berlin verdienen. Wer 'ne anständige Scharfschützenausbildung hinter sich hat, ist nun wirklich nicht bloß auf paradierende Spitzenpolitiker angewiesen. Kundschaft gibt's genug, mehr als genug – fffhhh. Claro: Mit ihrem ganzen Hauptstadtdelirium da. Die haben sie doch nicht alle. Die machen doch nur Streß bis jetzt! Motorräder ist ja nicht das Einzige. So viele getunete BMWs und Porsches haste hier früher nicht gesehen. Da mußteste nach Hamburg für. Oder München. Aber nee: Wir sind ja jetzt wer: Wir müssen ja auch noch mit 'm eigenen Propeller reingeknattert kommen. Und jeder, der danach riecht, daß er eventuell womöglich vielleicht mal irgendwann 'n Investitionsfurz lassen könnte, in der Hauptstadt, der ist natürlich absolut hauptmäßig anschlagrelevant. Claro! Am besten, der kriegt gleich 'n komplettes eigenes PSK, wa? Und die Stars aus Glitzerland erst! Was haben die plötzlich alle Schiß vor Fans, wa? Brauchen auch unbedingt Bodyguards jetzt. Claro. Von mir aus. War ja alles ganz okay zuerst. Im Grunde sind die easy, diese Popkinder. Können 'n Revolver nicht von 'ner Pistole unterscheiden und 'ne Gaspistole von 'ner richtigen schon gar nicht. Alles Knarre für die. Oder Kanone. Wenn sie zuviel schlechte Krimis gesehen haben. Die sollten mal 'ne Kanone vor die Koksnase kriegen! Ach, ist ja auch egal. Wenigstens kann man 'n Kopfhörer aufsetzen, wenn das Konzert erst mal läuft.

Die Firma war auch erst mal ganz brauchbar. Die sind doch leicht zu melken, diese Ex-Stasis, die sie da zu laufen haben! Vor lauter Freude, daß ja nicht alles Schrott war, was sie da hinter ihrer Mauer in der Hand gehabt haben – ouh ouh ouh! Die ČZ 52 war jedenfalls keine Bückware. 'n Fall von zwei Tagen. Hingehen, bestellen. Wieder hin, abholen. Vorher noch 'n bißchen mäkeln von wegen, ist aber gar keine aus 'm Export mit 'm anständigen harten Abzug, bißchen albern aussehen tut sie auch, wa? Woher soll der Typ auch wissen, daß ich 'n Natogewehr beherrsche. Ich halte den weichsten Abzug. So sicher wie das Amen in der Kirche. Von jeder Pistole. Die Motzstraße ist auch nicht soweit weg wie Jüterbog.

Von denen in der DGST hab ich das natürlich keinem auf die Nase gebunden! Immer artig das alberne Gasding von

Eveline Hardbolt entgegengenommen und genauso artig wieder abgeliefert. Nur Lincoln hat gecheckt, daß ich 'ne Pistole habe. Aber das geht in Ordnung. Da waren wir ja längst dicke. Der hat mich nicht verpfiffen! Der hat mich auch nur einmal angemacht. Was war 'n das überhaupt noch? Irgendso 'ne supercoole Kiste. 'n blöder Spruch. Jedenfalls hab ich bloß gefragt, wie alt er ist und ob er sich noch an Aretha Franklin erinnern kann. Gott, hat der blöd gekuckt! So richtig – häihng? Na, von wegen R-E-S-P-E-C-T, hab ich gesagt. Und gegrinst und ihn stehenlassen zwischen den ganzen weißen Schweinebäuchen. Der ist mit 'ner halben Stunde Verspätung im Metropol erst wieder aufgekreuzt. Hat mich den ganzen Transport vom »Hotel Stadt Berlin« alleine machen lassen. Und dann knallt er mir 'n Buch hin, Krimi, von einer Melody Sowieso, amerikanisch. Und 'ne Seitenzahl. Da stand ungefähr so: 'ne Frau, wenn sie richtig frei sein will, dann muß sie 'n Typ umlegen, so oder so. Also entweder flachlegen oder abknallen, hat die gemeint. Die ganze Zeit hat Lincoln mich beobachtet. Ich hab wahrscheinlich genauso häihng-mäßig blöd aus der Wäsche gekuckt. Claro. Aber dann hat er gegrinst und mir den Händedruck von seinen brothers angeboten. Der war's nicht. Der nicht.

Die ganze Scheiße hier war's. Ist doch nur noch Gestank und Krach die letzte Zeit! Das wird ja immer mehr. Da drehste doch durch. Aufhören. Ruheverdammtnochmal! Jetzt kommen die ja doch noch mit ihren Rettungshubschraubern! Bundeswehr. Da ist ja auch der gelbe. Claro: Im Westhafen ist bestimmt die Hölle los. Scheiße, daß ich die Schrebergärten nicht sehe. Dem Krach nach – das ist ja Wahnsinn! Aufhören! Ich will meinen Walkman! Ich halt das nicht aus hier! Die ganze letzte Zeit. Das wird immer schlimmer. Und dann auch noch so früh warm. Im März schon. Die müssen sich vermehrt haben wie die Karnickel, die Motorradarschlöcher. Du kannst in dieser Stadt einfach keinen Frühling und keinen Sommer mehr genießen! Die sind doch alle durchgeknallt! Das war so 'n schöner Abend. Ich bin doch bloß Rollschuh gelaufen. Ganz friedlich. An einem der ersten warmen Märzabende. Ich hab doch niemandem was getan. Bloß die Tracy-Chapman-Kassette von Lincoln im Kopfhörer und still und friedlich zwischen den ganzen Leuten durch den Ku-Damm lang. Ganz langsam. War unheimlich viel Volk auf den Beinen. Und rein in den letzten Rest vom Sonnenuntergang. Da kommt so'n gottverdammtes Dreckstück auf 'ner dicken Maschine und rammt mir sein durchgedrehtes Rammm-Raaammm-Brrraaam in die Ohren! Mittenmang durch Tracy Chapman durch. Braaammm-brrraaammm! Immer lauter. Immer näher. Der ist doch völlig gaga! Höraufduarsch! Mirplatztderkopf! Brrraaamm-aaammm-grrraaannng.

Ich hätt mich knutschen können für die Rollschuhe. Der Schuß ist überhaupt nicht zu hören gewesen. Der saß sauber auf dem letzten Brrraaannng. Claro!

■

Stimmt schon. Das erste Mal ist am geilsten. Kein großes Geplane. Einfach aus 'm Stand. Das war's vielleicht auch: Danach hab ich immer mehr geplant! Nicht gut! Der Schuß kommt immer weiter weg. Claro. Da ist nichts mehr spontan: Einer reißt dir das Ohr auf und päng! Weg ist er! Da ist Warten. 'n guten Platz auskucken. Immer 'n neuen. Und am besten erst, wenn's dunkel ist. Da kann dir den ganzen Tag lang 'n Dutzend von den Fat Boys und Ferraris die Nerven zersägt haben – du *wartest*. Bis dir irgendeiner vor den Lauf gebrettert kommt da, wo du hockst im Gebüsch. Abends. Und dann kommt keiner! Ist ja auch vorgekommen. Aber drei geile Böcke haben dich angequatscht! Am besten war noch der Olivaer Platz. Die heißeste Rennstrecke. Da geht auch immer wer durch den Park. Zack – drei hintereinander. Alle keinen Helm. Noch besser! Eben vorbeilassen und zack. Genickhöhe. Die Leute im Park kreischen und rennen los. Das ging noch. Hatte noch was Spontanes. Danach 'ne Currywurst beim Oli-Food-Kiosk an der Ecke und fragen, was los ist. Claro. Und immer gute Stimmung eigentlich.

»... da traut sich ja bald keen Mensch mehr uff sonne Knatterkiste!«

»Ick find det richtich!«

»Na, hören Se ma, wo komm wa'nn da hin – der kann die doch nich eimfach –«

»Also, eens kann ick Ihn sahren: Wenn ick mit so 'n Ding umjehn könnte, ick – ick kann det vastehn!«

»Die müssen sich doch jaanich wundern, nich wahr! Wer so een Krawall macht, wo anstän'je Leute schlafen müssen ...«

»Ja, ja. Jenau. Und Sie könn mir sahren, wat Se wollen – dis is schon viel ruijer jeworn seitdem.«

Claro! Die Presse ja genauso! Klammheimliche Freude war das nicht. Die waren begeistert! Endlich 'ne echt heiße Story. Auflagen. Was haben die sich zusammenphantasiert – lauter Experten. Hähä. Klar hab ich die Patronen präpariert! Aber doch nicht mit dem ganzen Pipapo, den die sich zusammendelirieren! Ouh ouh ouh! 'ne Kneifzange, Jungs, und knips, Spitze ab! Reißt ein bißchen mehr Fleisch auf. Oder Rückenmark weg! Gut, dann dreht eben mal eine ab und bleibt so dicht am Herzen stecken, daß es mal keinen Spender gibt. Na und? Bin ich vielleicht für den Nachschub im Herzzentrum zuständig? Nee! Bin ich nicht. Und die verdammten Motorradläden könnten mir eigentlich auch 'n Anteil rüberschieben von ihren Extra-Einnahmen. Die haben sich doch alle 'ne goldene Nase verdient mit den ganzen Panzerwesten. Claro! Ein Boom jagt den nächsten. Möchte nicht wissen, ob die Firma, die dies Ding da baut, dies – Papamobil! Die hat doch bestimmt schon 'n Milliardenauftrag von der Bundesregierung im Sack!

Keinen Pfennig davon! Die sind doch wahnsinnig alle. Was machen die denn da jetzt wieder? Kann der nicht mal ordentlich auf 'ner Autobahn landen, der Knallkopp da! Meingottmeckn'm! Stell die Blätter ab! Aus! Schluß! Ich krieg die Flügel nicht mehr zu! Was? Momentma. Haltma. Achso, dieser Artikel. Claro. Das war überhaupt der schärfste! Da war ich der Engel der Geschichte. Direkt aus 'm Osten. Haben sie geschrieben! Marzahn oder so. Hellersdorf. Heller Wahn! Ehemaliges Sonderkommando Personenschutz Mielke. Hähä. Die Personenbeschreibung – ouh ouh ouh! Mal mit Schnauzer und blond, mal ohne und rot, mal schwarze Locken und Koteletten! Mal 1,75, mal 1,86. Aber der Engel der Geschichte, der seine Flügel nicht mehr zukriegt, weil Sturm ist! Zeitungsleute. Sollen sich nicht so wichtig nehmen. Mit dem, was die machen, wird auch bloß der Fisch von morgen eingewickelt. Engel der Geschichte! Vor ihm wird die Müllkippe immer höher, und hinter ihm drückt die Zukunft, und was wir Fortschritt nennen, ist dieser Sturm oder so. Ouh ouh ouh. Und der muß auch so aussehen, der Engel, so 1,75 mal schwarzrotgelockt mit Schnauzer, wa? Claro! Vor allem nach vierzig Jahren Planwirtschaft, wa? Clarissimo! Hähä. Wenn die wüßten. Planen heißt Zufall ersetzen durch Irrtum. Das war's. Das muß es gewesen sein. Obwohl – ich *hab* keinen Zufallstreffer gemacht. Keinen einzigen!

■

Damit ist das doch losgegangen alles verdammtnochmal! War doch deren Irrtum. Was planen die mich auch nicht ein! Die sind doch nicht mehr ganz dicht alle. Das ist doch kein Zufall. Jeder Scheißtyp darf 'n Kommando führen, aber du nicht. Du nicht. Ich. Fffhhh. Claro: 'n Präzisionsschützenkommando sind wir. Aber das heißt noch lange nicht, daß wir 'n Chef kriegen, der das auch *kann!* Das Präzisionsschießen. Hauptsache, der ist 'n Typ wie die andern auch alle. Hauptsache, keine – ach, ist ja auch egal. An der Stelle hast du verdammt alt ausgesehen. Von Anfang an. Aber sonst haben sie dich gern genommen, wa? Claro, immer da, wo's kitzlig ist. Oben auf'm Dach. Wo der Sturm am schärfsten pfeift, Engel! Wo du 'ne besonders ruhige Hand brauchst. Besonders gutes Stehvermögen. Überblick. Das ganze Umfeld. Und jedes beschissene winzigste Detail. Und da wedelt der Typ plötzlich mit der Flasche rum! Und hat 'ne Haßkappe auf und schwarze Klamotten an und um den rum bildet sich 'ne freie Fläche und der wedelt und hampelt und wedelt immer noch und keine Sau von Kollege kriegt das mit! Die glotzen alle bloß blöd auf die Autoschlange. Wie die Karnickel! Immer artig dahin, wo was ankommen könnte, was da nicht ankommen darf. Bloß nicht dahin, wo was herkommen könnte! Stümper. Verpißte Stümper. Die haben sie doch – Harry Groß die Ratte der Gockel dieses gottverdammte Gegockel von dem. Gockelt da rum wie Graf Rotz, bloß weil sie ihm gesagt haben, er wird der nächste Kommandoführer. Ausgerechnet der! Der – nicht ich! Claro. Aber *ich* seh den Typ da mit der Flasche wedeln. Und sich drehen. Wie 'n Hammerwerfer. Das stand doch nicht dran Herrgottnochmal! Die haben doch alle überhaupt keine Ahnung, was da für 'n Film abgelaufen ist! Während die auf die drei Protzkutschen mit dem Politikerpack da gaffen. Das hätte doch 'n Molli sein können! Und dann wären sie nämlich gottsfroh gewesen. Alle wie sie da sind. Und hin und weg und Zähneknirschen von wegen sagenhaft guter Schuß. Claro. Wißt ihr doch ganz genau, ihr Stümper. Das hat euch doch am meisten gestunken. Ich steck euch alle in die Tasche. Präzis in die rechte Schulter. Ich hab den nicht erschossen. Ich hab den vorschriftsmäßig kampfunfähig gemacht. Ich bin nicht durchgedreht! Das stimmt überhaupt nicht. Ich hab die Streßtests alle bestanden. Immer. Vom Feinsten. Ich hab die ruhigste Hand. Ich hab die Nerven im Griff. Ihr mit euerm Gesülze von wegen überfordert. Ich doch nicht! Ihr! Ihr! Mit mir! Oder liegt das vielleicht an mir, wenn die nix sehen. Nein, liegt es nicht! Bin ich vielleicht schuld, wenn ausgerechnet Harry Groß, die Pleite, das Kommando kriegen soll und nicht ich. Nein, bin ich nicht! Ich hätte es mir gegeben. Ich bin die Spitzenkraft. Was kann ich dafür, wenn dieser wedelnde Sack da unten bloß irgend 'ne hergelaufene Spritnase ist! Woher soll ich 'n das wissen! Das steht doch nicht dran Herrgottnochmal!

■

Sechs Jahre! Sechs verdammte Jahre. Ich hätt's wissen müssen. Spätestens bei der zweiten Beförderungswelle, als so und so viele in den Osten rübergeschickt worden sind. Die letzten Lahmärsche sind da hochgestolpert, bloß du –. Das geht bestimmt die ganze Nacht da unten. Wenigstens ist jetzt Schluß mit dem Sirenengekreische. Nach Hause fahren könnt ihr eure verdammten Löschzüge dann aber in aller Stille! Oder weiter zum Westhafen. Da raucht's immer noch. Rechts nebenan aber auch. Der muß doch von da kommen, der Rauch, wo zieht der denn hin? Claro – dann kommt der aus der Schrebergartenkolonie. Direkt runter zum Großmarkt. Verticken die da eigentlich auch Waffen? Muß ich direkt Lincoln mal – achso. Scheiße verdammte!

Der hat mich ja sogar noch gewarnt. Ich hätt's wissen können. Als Groß, die Ratte, da aufgekreuzt ist. Da hätte ich's wissen können. Daß es kein zweites Dutzend geben würde.

»Das war er wieder, unser Heckenschütze, hm?« Angegrinst hat er mich. Und angestarrt. Die ganze Zeit. Hat der nie gemacht. »Jetzt hat er sein Meisterstück abgeliefert, unser Volksheld, was? Hast du was gesehen?«

»Außer Blitzen nee.« Meisterstück. Tja, wa? Claro! Was

denn sonst? »Als ich hochkam, war das schon alles ein Klump hier.«

»Schüsse gehört?«

»Drei. Können aber mehr gewesen sein. Es hat zwei-, dreimal gedonnert.« Volksheld, wa? Wenn du wüßtest, du Ratte.

Richtig geschwärmt hat er! Und daß sie immer noch keine Ahnung haben, wie sie den kriegen sollen, den Meisterschützen. Natürlich bin ich dem nicht auf den Leim gegangen!

»Tja, muß 'n Genie sein, der Mann!« Mehr nicht. Aber die Golftasche könnt's auch gewesen sein. Nee nee nee nee nee. Ich hätte ihn einfach erst mal sofort fragen müssen, was er hier eigentlich macht. Seit wann untersucht einer vom PSK so 'n Tatort. Und vor allem, seit wann kann mir die Ratte in die Augen kucken.

Dabei hat Lincoln mich gewarnt. Ich hab ja noch gedacht, die sind richtig kollegial, die Kollegen. Die schmeissen mich zwar raus, aber wenigstens decken sie mich vor Gericht. Von wegen Putativnotwehr und daß ich keinen Todesschuß abgegeben hab und das nicht meine Schuld ist, wenn der mit seinem verdammten Schädel in die verdammten Scherben von der Schnapsflasche kracht und ab über'n Jordan! Ich hab's noch nett gefunden, daß kein Mensch von Streß gequatscht hat beim Prozeß! Du bist doch so was von dämlich! Claro: Da muß erst Lincoln kommen und dir erklären, wieso nicht! Das war doch alles geplant. Von vorne bis hinten. Denn wenn auch nur irgendwer das Wort Streß bloß gehaucht hätte – du hättest doch sofort das Maul aufgerissen und denen erzählt, um was für 'n Streß es geht. Claro: Die ganzen sechs Jahre lang ist es darum gegangen: Daß sie's verdammt nicht verkraften, daß 'ne Frau sie in den Schatten stellt. Clarissimo! Wo läßt *der* eigentlich seinen Streß? Möcht ich wirklich wissen. Der hat das doch schon viel länger am Hals: Du bist zwar Spitze, Baby, aber deswegen kommste da noch lange nicht hin: Erst mal sind wir dran. Nicht bloß sechs Jahre. Nicht bloß im Polizeidienst. Nicht bloß bei der DGST. Nicht bloß. Nicht bloß. Überall. Überall sitzen die und haben das Kommando. Und krachen dir ins Hirn mit ihren mit ihren mit ihren – Scheißmotoren. Und ihrem Scheißaufgeblase. Und ihrem Scheißterror. Den ganzen Tag. Überall. Die sind doch völlig durchgeknallt alle. Die ganze Stadt ist völlig durchgeknallt. Komplett. Claro. Das ist es. Früher oder später. Ich hab sie doch gefragt, was sie da eigentlich haben in ihrem Spatzenhirn! Warum sie so 'n Krach machen müssen. Und so 'n Gestank. Das ist doch die Pest. Und da sagt der einfach gar nix, der Schwanzkopp! Da kuckt der mich an, als hätte ich 'n Sprung in der Schüssel. Ich! Fffhhh. Was wollen die eigentlich. Die müssen sich doch überhaupt nicht wundern! Dreiundzwanzig hab ich geschafft. Alles Meisterstücke. Claro! Was denn sonst! Jedenfalls nicht das Gestümpere von irgendwelchen Idioten, die dann plötzlich angefangen haben, Motorradreifen aufzuschlitzen. Oder mit Gassprühflaschen rumzumachen. Bloß weil die Schlagzeilen so groß waren. Pilotfischchen! Ähhh. Abstauber. Ist noch kein Meister vom Himmel gefallen! Claro. Claro. Claro. Verdammtnochmal. Der hat mich beschattet, die Ratte. Der hat das schon gewußt am Schlachtensee. Der ist mir gefolgt. Ich hätt's wissen können. Ich hätte wissen müssen, daß es kein zweites Mal geben würde mit der Mauser. Der hat dir noch nie in die Augen kucken können. Der hat dir auch nicht in die Augen gekuckt, als er dir die Mauser aus der Hand gerissen hat. Genau in dem Augenblick, als die um die Ecke gebogen sind mit ihren Maschinen. Nur das eine Mal. Das eine einzige Mal.

Harry Groß die Pleite! Ouh ouh ouh. Und der kann nicht mal was dafür. So was steigt einfach auf. Automatisch. Deswegen kann der so grinsen. Schschsch. Weg. Hau ab du Ratte. Geh mir aus 'm Hirn! Schon genug Terror hier. Jetzt kommt die mit ihren Schlüsseln wieder! Aufhören! Ruhe! Ich hab doch gar nix ich hab doch bloß – raus aus 'm Knast – dreißig Jahre lang – die ganzen dreißig Jahre – was die Leben nennen! Scheiße! Und jetzt soll ich wohl auch noch dankbar sein, wa? Daß wir hier nicht in Amerika sind, wa? Claro: Da würden sie dich zum nächsten Goldbroiler küren. Ich weiß. Ich weiß. Die – ich weiß.

Juni 1992

7 1/2

»... kommt ja manchmal vor, daß die Vernunft mit mir durchgeht«, ich sehe zu, wie Eddy den Filzstift und den Stapel Zettelchen, den ihr die Pflegerin aus den überflüssigen Einladungen und Briefen zurechtschneiden und zusammenklammern muß, beiseitelegt und die Decke zurück schlägt, »selten zwar, aber letzten Sonntag – mußt du schon wieder?«

»Behalt den Faden!« Eddy stemmt sich mit den Armen hoch und schiebt und zieht die Beine einzeln, Zentimeter für Zentimeter, in Richtung Bettkante, bis die Schwerkraft ihr zu Hilfe kommt und ihre Füße genau da über dem asphaltbraunen Linoleum schweben, wo zwei Puschen stehen. Diese riesigen aus braungelb kariertem Filz, mit den Blechspangen. »Verdammte Wassertabletten – danke!«

Ich reiche ihr den Stock. Mit dem rechts und jemandem, der ihr links unter den Arm greift, schafft sie es die vier Meter zwischen Bett und Bad ohne Rollstuhl. Was heißt mit jemandem? – jedermanns Hand läßt Eddy noch lange nicht zwischen ihren Oberarm und die seitliche Rundung ihrer Brust. Nicht mal jeder Frau Hand. Eddy kriegt es glatt fertig, auf allen vieren über den Boden zu robben wie ein Krabbelkind. Weil sie sich partout nicht anfassen lassen will von einem Aushilfspfleger oder einer dieser Historikerinnen, die ihr seit Jahren auf die Dreißig-Quadratmeter-Bude über den Dächern von Schöneberg rücken mit ihren Kassettenrekordern und ihren Diplomarbeiten. Eddy ist nämlich eine Legende. Nicht bloß in Lesbenkreisen. Eddy hat die wilden Berliner Freiheiten vor '33 noch am eigenen Leib ausgekostet. Mit dem hat sie dann ja auch bezahlt für die zwölf Jahre danach. Knapp überlebt im Untergrund, und das wahrscheinlich nur, weil ihre Geliebte solange die Kippen der Nazi-Nachbarschaft gesammelt und zu inhalierbaren Rauchwaren recycelt hat, bis Marschall Schukow endlich den Durchbruch geschafft hatte. Seitdem kann Eddy die Bewegungen der Roten Armee im Raum Königs Wusterhausen Division für Division und Planquadrat für Planquadrat auswendig und mit Schönwetterpazifismus nichts anfangen. Seitdem *ist* sie eine einzige und bis vor zwei, drei Jahren noch, wenn auch unter Schmerzen, wandelnde Arthrose. In zwei Monaten wird sie neunzig.

»Manche Nacht muß ich alle Stunde raus – wer hat das Klopapier verstellt!«

Ich gebe ihr die Rolle und wende mich wieder diskret dem Spiegel zu. Heute bin ich Ellen Barkin in *Switch*, bevor sie –.

»Macht doch alles keinen Spaß mehr! Wer will denn mit so einer ins Bett?« Sie drückt sich von der Klobrille ab, fuchtelt nach dem Stock und verlangt nach meiner Hand.

Die Version ist neu. Bevor ihre Ärztin ihr eingeredet hat, daß sie auch noch herzkrank sei und unbedingt entwässernde Medikamente brauche, war immer das Alter schuld an ihrer erzwungenen sexuellen Nulldiät. »An meinem siebzigsten Geburtstag hat man mich in Kenntnis gesetzt, daß ich in dem Alter gefälligst keinen Trieb mehr habe!« erzählt sie allen und besonders ausführlich denen, die es peinlich finden. »Aber dafür sorgen, daß ich dann wenigstens sterben darf, will auch keine! Ist doch bodenlos!«

Hat sie sich etwa wieder verguckt? In eine aus dem Audienzaufkommen? Oder – »sag mal, Eddy, du hast nicht zufällig eine neue Pflegerin?«

»Mumpitz! Red kein Blech, dafür bezahl ich dich nicht. Du sollst mir Geschichten erzählen«, sie zermalmt mir fast die Hand unter ihrer Achsel auf den letzten zwei Metern vor dem Bett. »Ich will hören, wie das Leben jetzt so schmeckt da draußen, wo ich nicht mehr hinkomme!«

Bezahlen – na ja. Eddy fördert mich. Pro Geschichte ein Hunni. Macht gut vier Scheine im Monat. Die hat sie eigentlich auch nicht über. Ich hänge den Stock an die Lehne und setze mich wieder auf den braunen Allerweltsstuhl, den ich abends, bevor ich gehe, in einem ganz bestimmten Winkel dicht ans Bett schiebe, mit hochgeklappter Sitzfläche, damit sie wenigstens bequem auf den eingelassenen Nachttopf kommt.

■

Es war also mal wieder soweit. Was bleibt einer denn sonst auch? Da war doch dieser Ostwind! Ziemlich genau dieselbe Richtung wie die Xantener Straße. Der hat mir nämlich das Gedudel von diesem Fest auf dem Olivaer Platz in mein Fünfzig-Quadratmeter-Dach gefegt. Eine Kakophonie sondergleichen! Gnadenlos. Echt multikulti, aber von der Sorte Schmelztiegel, die kein Mensch wollen kann, der seine Sinne noch einen Augenblick beisammen haben möchte. Einen *Creedence-Clearwater-Revival*-Imitatversuch konnte ich identifizieren. Irgendwas, das ein portugiesischer Fado sein wollte. Dann eine Flöte, die einem von diesen Picasso-Pierrots abhanden gekommen sein mußte, und diese Andenpfeifen, die sich vor Jahren zur Epidemie ausgewachsen hatten. Kein Biogemüsemarkt ohne Illi Intifadi oder so. Der *bad moon* war gerade zum zwanzigsten Mal am *risen,* da knickten die Pfeifen weg, und ein Chor kam auf, und ich sah dieses Rumpelstilzchen förmlich vor meiner Nase rumhopsen, wie heißt der noch? Der mit seiner Kompanie Don-Kosaken? Irgendwas Russisches. Nee, nicht Iwan Reblaus – ja klar hört man immer noch viel russisch auf der Xantener. Manchmal *nur.* Die ganze Strasse lang. Kann aber auch ukrainisch sein. Usbekisch … Und das italienische Edelrestaurant ist weiter brechend leer. Och nö. *Ich* will lieber nicht so genau wissen, ob die überhaupt eine Küche haben!

Jedenfalls, alles eine Matsche. Vom Winde verweht und ausgerechnet zu mir rein! Das war zuviel. Daß meine drei Konten es gemeinschaftlich auf dreiundzwanzigtausend DM in Rot bringen, das Finanzamt auf der Stelle fünf Riesen von mir will, meine sämtlichen Mäzene auf Familienurlaub und weit und breit keine Aufträge zu sehen sind, das allein hätte mir meinen Schönheitsschlaf nicht ruinieren können! Da hätte ich drüber weggeschlafen. Mach ich ja seit Wochen. Verdrängen. Kommt bei mir ja wirklich selten auf, so ein Katastrophenfeeling. Nur wenn ich irgendwo einen Fummel sehe und nicht in den Laden gehen und den kaufen kann, weil sie mir die Euroschecks auch gestrichen haben. Aber dann sag ich mir, was brauchst du Klamotten, wenn dir das Wasser bis zum Hals steht – unter Wasser sieht sowieso kein Mensch, was du anhast! Und lege mich ins Bett und lese Hiaasen. Trost aus der Tierwelt. Bring ich dir mit nächsten Sonnabend, Eddy.

Aber gegen das Gejaule hatte ich keine Chance. Ich bin aufgestanden – an einem Sonntag nachmittag um zwei!– und hab *Always look at the bright side of life!* aufgelegt. Monty Python. Eric Idle live aus Golgatha. Aber diese Ton-Kosaken hatten meine sämtlichen inneren Müllhalden freigelegt und hochgewirbelt. Als ich unter der Dusche stand, drückte mir meine Finanzlage wie eine Schlinge um den Hals. Das Wasser floß zwar ausnahmsweise sauber ab, aber ich sah dem Tod in die Taucherbrille – ich würde den Arsch nie wirklich hochkriegen, ich war auf Bankrott abonniert, die

Pleite klebte an mir wie ein Kaugummi an einem Gullyrost im Hochsommer. Bei andern Leuten läuft ja dann das ganze Leben im Schnelldurchgang ab. Bei mir nicht. Mich sucht die Vernunft heim. Ich werde vernünftig wie ein Computer. Ich zerlege alles in kleine nächste Schritte. Binäre Einheiten. Eins oder Null. Bier oder Kaffee. Tüte Cräcker oder runter auf die Straße, was Eßbares organisieren.

Ich hab also das hautnahe kleine Schwarze und die giftgrünen Riemchen-Stilettos ver- und mich in meinen wolfsgrauen Wohnpullover geworfen. Woll-Leggins, dicke Socken. Keine kalten Füße, hab ich beschlossen, bloß weil sie den Sommer dies Jahr auf April und den Herbst auf Ende Juli vorgezogen haben. Und jetzt haben wir Anfang September! Also jedenfalls, ich sah aus wie Ellen Barkin am Ende von *The Big Easy*, und das und mein Entschluß, zuerst die Steuererklärung und danach den Schuhkarton mit der ungeöffneten Post zu bearbeiten, machten den Wolfspullover einfach unausweichlich. Ich hatte die erste halbe Tüte japanische Reiscräcker und fast die ganze erste Kanne Kaffee leer und die Schublade mit den Steuerbelegen vom letzten Jahr zu einem Drittel in verschiedene Häufchen sortiert, als Orwell anrief. O Gott, da waren ja auch noch die vierzehn Anrufe auf der Antwortmaschine! Ahh – limited Jever!

»Sitzt du gut, Göttin!«

Ich hab mir jetzt abgewöhnt, ihm die Göttin abgewöhnen zu wollen. Im allgemeinen hab ich ja mit Anbetung nichts am Hut. Na, selbstverständlich – beim Sex! *Nur!* Ich *weiß*, daß ich narzißtisch bin, Eddy! Von mir aus bis in Mark und Pfennig – und? Und du!

»Gibt nämlich Arbeit, Göttin!«

Na ja, ehrlich gesagt, ich bin nicht sicher, ob er »Arbeit« und »Göttin« gesagt hatte. Erstens lief Miles Davis auf voller Lautstärke. Und zweitens hatte's unten gerade wieder sehr schön gerumst. Wahrscheinlich waren wieder zwei, drei Idioten im Tunnel aufeinandergekracht. Machen sie ja gern. Das hallt so *ganz* reizend nach oben, da wo der Tunnel wieder auf die Brandenburgische hochkommt. Genau unter meinen Fenstern.

»Mein Gott, Erik Blaer!« hab ich gebrüllt und das Fenster vor dem Schreibtisch wieder zugemacht.

»Orwell reicht vollkommen, Göttin!«

»Komm mir nicht mit Arbeit! Ich *kann* Eifersuchtskisten und Scheidungsdreck nicht! Da fehlt mir ein Gen an der Mentalität. Ich sammele auch keine durchgeknallten Pitbulls wieder ein, solange ich mir keine Pumpgun leisten kann. Denn mit meiner Beretta 84 kriege ich die nicht notfalls ruhig. Außerdem steckt mir der entsprungene Kater von dieser Tussi aus den Kreisen deiner lieben Frau noch in den Knochen. Drei Tage geackert wie blöd und keine müde Mark, bloß weil du sicher warst, daß wir mit der nichts schriftlich machen müssen – nee, Orwell. Erst muß die Kohle stimmen und dann –«.

»Sag ich ja. Nun halt doch mal die Luft an, Göttin! Die setzen eine Belohnung aus. Für den Vogelsand-Ripper.«

■

Eddy kritzelt auf einem Zettelchen. Winzig klein. Ich kann's nicht erkennen. Sie schreibt immer noch, als wär Papier knapper als Bier. Wie damals im Versteck. Da hat sie leere Lebensmittelmarkenheftchen vollgeskribbelt. Mit Daten aus der BBC über die von den alliierten Armeen befreiten Gebiete. »Wie hoch?« Sie strahlt wie ein Kilo polnische Pfifferlinge Jg. '86 ff.

»Zehn Riesen.«

»Kriegst du die als Detektivin auch, oder geben sie sowas nur Privatmenschen?«

»Gott – notfalls schicken wir wieder Orwell vor. Mehr Privatmensch als der *kann* man nicht sein. Der hat ja nicht mal ein offizielles Einkommen. Nur das, was seine liebe Frau ihm zusteckt, damit er –«.

Eddy is not amused.

»Ich weiß, daß dir das nicht paßt. Aber solange Orwell alles für mich tut und nichts von mir will – what shall's? Limited pity …«

»Wen interessiert denn dein Orwell! Die gnädige Frau Blaer paßt mir nicht. Zuviel Geld und zu wenig Verstand. Geschmack hat sie auch nicht, sonst würde sie sich nicht rausputzen wie ein kesser Vater anno zwanzig, Monokel inbegriffen!«

Aha. Eddy hatte wieder Besuch aus der jugendlichen Sub-Szene.

»Ich kann den Typ nicht verknusen. Bei ›Mali und Igel‹ hätte die nicht verkehren dürfen! Außerdem heißt das limited Jever!«

»Ist das jetzt ein Anfall von Altersmilde? Warum nicht gleich: No Jever for her! Was guckst du denn so? Mußt du –?«

»Ja – na, was *ist* denn? Holst du uns jetzt endlich ein Bier, oder gönnst du mir nicht, daß ich auch mal aus einem vernünftigen Grund dauernd aufs Klo muß!«

Mindestens *zwei* Kilo sind's inzwischen. Plus ein Korb Steinpilze aus dem Bayrischen Wald.

»Und den Vogelsandfall hast du hoffentlich übernommen! Zehntausend Mark – das sind … hundert Geschichten. Macht über zwei Jahre. Und ich weiß nicht, ob ich so lange noch lebe …«, knurrt es hinter mir her bis zum Kühlschrank und wieder zurück. »Geht dir die Steuer an so Belohnungen etwa auch?«

■

Als Orwell unten an der Haustür klingelte, hatten sie die Martinshörner gerade ausgeschaltet. Nach Gehör waren es ein Polizei-VW, zwei Rettungswagen und ein Notarztwagen. Sehen tu ich ja nichts von da oben. Selbst wenn ich auf diesem Metallvorbau nicht die vollen Aschenbecher zwischenlagern würde, bis mich wieder der Putzteufel übermannt – die Fenster liegen einfach zu weit hinter der Traufe. Aber als er die vier Etagen mit dem Schneckenfahrstuhl und die Wendeltreppe bis zu mir rauf zu Fuß und freihändig hinter sich gebracht hatte – na, weil das Geländer jetzt wirklich jede Minute wegbricht ... Entschuldige, Eddy! Ich wollte dich nicht wieder langweilen mit innenarchitektonischer Epik! Sonst beschwerst du dich ja auch immer, wenn ich erwähne, daß ich bekanntlich in einem Kabuff residiere, das mal als Ton- und Regieraum für eine Filmproduktion –? Ja! *Porno*film, ganz recht. Dabei erzähle ich das nur, wenn es für die Dramaturgie der Geschichte wichtig ist, daß ich wenigstens die Para-Para-Musik und die Nirwana-Expreß-Schellen aus dem Studio nicht hören muß, weil Innenfenster und Tür Schallschutz haben!

Also, Orwell keucht rein, und der erste Rettungswagen stellt sein blödes Horn wieder an. Wir rauchen ja alle zuviel.

Ich hatte den Fall innerlich natürlich längst übernommen. Besser als den Rest Quittungen auch noch zu Häufchen zu verarbeiten. Ganz zu schweigen von vierzehn Tagen ungeöffnete Post. Wer will denn Mahnungen lesen!

Ich goß ihm den Rest Kaffee in einen Becher und hielt ihm den hin.

»Göttin – wenn jemand *den* Kerl kriegt, dann du!« hat Orwell gezirpt, sich und mir eine angesteckt und den Becher auf ex getrunken. »Irgendwas sagt mir schon lange, der liegt quasi gewissermaßen also dir zu Füßen!«

»Leg die Schleimspur trocken, Orwell. Ich hab schon beschlossen, daß *du* meine Steuererklärung machst!«

Er sah einen Augenblick aus wie ein Anruf bei der Telefonseelsorge. Dann kam er wieder mit seinem zweiten Lebensmotto: Wenn man wirklich sehen will, was vor der eigenen Nase liegt, muß man sich pausenlos höllisch ins Zeug legen oder so. Na ja, in diesem Fall paßte das ja auch besser als »I'm only here for a beer!« Zumal ich das auch nicht mehr im Kühlschrank hatte.

»Göttin – ich *weiß* es einfach. Frag mich nicht woher!«

»Tu ich aber. *Was* sagt dir quasi gewissermaßen und so weiter – der Vogelsandripper nimmt keine unter fünfzig. Das haben sie jedenfalls in der Zeitung geschrieben und im Fernsehen gesagt. Ich dagegen bin nicht mal vierzig und gedenke es auch die nächsten dreieinhalb Jahre nicht zu werden!«

Orwell stöhnte auf, als ob er doch lieber nur auf ein Bier hierhergekommen sein wollte, griff die Kaffeekanne und verzog sich zu dem Regal mit dem Wasserkocher und den Kaffeetüten. »Keine Ahnung, Göttin. Wirklich nicht. Ich würd's dir sagen, aber es fällt mir nicht ein. Irgendwas – was – vielleicht hab ich's im Traum gesehen ...«

»Komm mir jetzt bloß nicht *auch* noch mit diesem Spiritualquark! Mir reicht der Okkulti-Multi hier unten dreimal die Woche vollkommen!«

Er schwor Stein und Bein, daß er es so nicht gemeint hatte, und ich hab das Thema erst mal wieder vergessen, meine Brille abgesetzt, *The Hot Spot* aufgelegt – dabei kann ich ja immer am besten über die Schlechtigkeit der Welt im allgemeinen und meinen Fall im besonderen nachdenken! –, mich auf die Schaukel gesetzt und Orwell meinen Platz am Schreibtisch überlassen. *Between the evil and the deep blue* irgendwas. *Sea* an sich. Na ja wurscht. Was wußte ich über diesen Killer? Ein Serienmörder. Scheint ja neuerdings im Trend zu liegen. Eine Leiche macht noch keinen Helden, also müssen's mehrere sein, am besten auf einmal. Hat sich ja sogar schon in Kreisen des Nazi-Nachwuchses rumgesprochen. Ein Frauenmörder. *Kein* Trend, sondern geradezu normal. Quasi gewissermaßen also, würde Orwell sagen. Ein Männermörder, der sich dann als Frau entpuppt, das wär' mal eine echte Sensation. Halt – woher weiß man, daß der hier keine Frau ist? Ach ja, es gab ja eine Beschreibung. Eins der neun Opfer hatte ja überlebt. Wie eigentlich? Und wie kam ich an die ran?

»Göttin – spiel die CD noch mal«, fuhr mir Orwell plötzlich in die Parade und fegte vor lauter Erregung zwei oder drei Quittungsstapel vom Tisch. »Da ist irgendwas dran ...«

»Klar ist da was dran! Selten sinnlicher Sound, schwül, daß es knallt.« Ich stand auf, drückte wieder auf Start und versuchte, das Wort *sea* aus dem Kopf zu schieben und mich wieder auf den Vogelsandripper einzutunen. Vogelsand – das war mal originell. Der medienübliche Frauenmörder neigt ja dazu, seine Opfer so zu zermatschen oder zu zerschnippeln, daß selbst eingefleischte Kripo-Leute beim Anblick nicht ganz wetterfest bleiben. Nur Wasserleichen sind schöner. Der hier nicht. Von Verstümmelungen war in keinem Hintergrundbericht die Rede gewesen. Bloß immer von Vogelsand – mit dem er sie offenbar erstickt hat? Ich mußte die eine Überlebende finden!

■

»Wieviel Zoohandlungen hat Berlin?« fragt Eddy, als wir wieder vom Klo zurück und die nächsten beiden Flaschen aufgeklickt sind. Durst macht so Vogelsand auch. Obwohl sie meinetwegen keinen Vorwand zum Picheln braucht – ich finde es völlig korrekt, daß ein Mensch mit neunzig sich seine Paradiese künstlich verschafft. Die Freiheit von Schmerzen zum Beispiel. Mit Alkohol oder anderen Drogen! Ich bin ja auch die einzige von Eddys Entourage, die *nicht* heimlich dem Himmel dankt, daß Eddy ihrer zweiten Leidenschaft auch nicht mehr frönen kann. Früher hat sie sich damit vergnügt, napoleonische

Feldzüge und amerikanische Bürgerkriegsschlachten nachzuspielen. Mit Papp-Bataillonen auf dem Tisch. Stundenlang. Seit zwei Jahren kann sie die Arme nicht mehr weit genug bewegen.

»Ich hab gar nicht erst gezählt, als ich die sechs Seiten im Branchenbuch gesehen habe. Und das war gut so – du wirst sehen. Prost!«

»*Das* sieht dir ähnlich!« Eddy setzt die neue Flasche für zirka zehn Sekunden an den Hals. »*Du* hast Orwell in die StaaBi geschickt und sämtliche Berliner Lokalteile auf Todesanzeigen abklappern lassen.« »Ganz recht. Und Margot D. haben sie vor sechs Wochen beerdigt: Auf dem Matthäuskirchhof. In der Friedhofsverwaltung haben sie mich noch gut in Erinnerung. Wegen dem Artikel damals – weißt du noch, wie *der* verstümmelt worden ist?«

»*Unsterbliche weibliche Leichen auf Berliner Friedhöfen*«, Zehnzollschluck Nummer zwei, »war ein weiser Entschluß, daß du die Journaille sausen lassen hast.«

»Ich hab jedenfalls zwölf Minuten für die Adresse der Hinterbliebenen gebraucht und dann zwei Stunden mit der Tochter, inklusive Anfahrt und Outfit: Faltenrock, Twinset, Haare nach hinten. Danach wußte ich, daß die einzige, die den Killer überlebt hat, Gerlinde Maria Schröder-Hahn heißt – ein paar der Angehörigen und sie kennen sich nämlich via KriPo – und daß sie in der Frauenlobstraße wohnt –«.

»Darauf muß man erst mal kommen. Wo ist *die* denn?«

»Treptow.«

»Im Osten?!«

»Ja. Wieso?«

»Und die hast du angerufen –«.

»Die hat kein Telefon. Ich bin direkt hin.«

Eddy nimmt den Rest der Flasche im Schluck und starrt kurz auf ihren Zettel. »Und hast ihr erzählt, du wärst verwandt mit Annemarie Dingenskirchen und Hertha Sowieso oder wie die alle hießen, und ihr ein paar nette Nelken in die Hand gedrückt – oder war's ein Schächtelchen Pralinés?«

»Ein Lebensbaum.«

»Ist ja widerlich! Dafür hast du Geld gehabt?«

»War ja nur ein kleiner. Der Rest von deinem Honorar.«

»Und Gerburg Maria hat dann dir, der gramgebeugten –«.

»– rachedürstenden! Ich war die komplette Orestie, dargestellt von Maria Schell!« Ich weiß nicht, was Eddy jetzt wieder zu skribbeln hat.

»Jedenfalls hat sie dir alles erzählt, was du wissen mußtest, um die KriPo auszuhorchen, ohne daß die da auf genau die Idee kommen, hm?«

»Ja!«

»Und?«

»Na, mach doch weiter – du weißt ja sowieso schon alles!« Irgendwie hatte ich mir die Geschichte anders gedacht. Kleine Kinder und mit allen Wassern gewaschene Strategiegenies kann man nur mit einer ausgefuchsten Dramaturgie in Schach halten. Das ist manchmal anstrengender als ein anstrengender Fall. Wahrscheinlich hab ich deswegen die Branche gewechselt und mich auf reale Aufklärung geworfen. Ob ich doch mal Eddys *Waterloo*-Spiele mit nach Hause nehmen soll?

»Gern: Überlebt hat sie den Mörder, sagt sie, weil sie als abgewickelte Bürgerin der ehemaligen DDR seit der Vereinigung so viel Scheiße hat schlucken müssen, daß ein bißchen Vogelsand sie gar nicht mehr beeindrucken kann –«.

»Eddy! Ich glaube, du kriegst kein Bier mehr – du nimmst mich überhaupt nicht ernst!« Lachen muß ich trotzdem.

»Wie soll dich jemand ernstnehmen, wenn du's nicht machst?«

»Mach ich doch!«

»*Dann* hättest du die Sache anders angelegt.« Huldvoll reicht sie mir den Zettel und schwenkt die leere Flasche.

Ich kann mit Mühe – dunkel wird es auch langsam – vier Wörter entziffern: Sand. Traum. Dieplu. Ssie.

»Du hättest Orwell aus der Nase zu ziehen versucht, was ihm auf der Zunge lag – nee, das Bild ist falsch!«

»Gleich reicht's mir! Erzählst du hier eigentlich meine Geschichte oder ich?« Am Ende soll ich sie am Honorar beteiligen!

»Na, du hoffentlich!« Ein plutoniumhaltiges Lächeln, das auch ihren Wunsch nach mehr Bier untermalt. Jedenfalls, Gerlinde entpuppte sich sowohl quasi als auch gewissermaßen als mein Pendant. Ich bin ja der Typ Frau, der West-Berlin *gemacht* hat bis vor kurzem – morgens Häuser instandbesetzen, abends für ein paar Scheine betuchte Senioren zum Dinieren begleiten – na selbstverständlich gehe ich heute noch mit essen! *Gerade* in den Laden, wo einen Tisch weiter ein Kanzler schmatzt. Kann ich nur empfehlen. Wenn du wissen willst, wie einer ist, guck dir an, wie er ißt! Wenn das noch nicht reicht, stell ihn dir im Bett vor. Nö, Eddy. Sorry. Das gilt für Frauen genauso.

Und Gerlinde hat Ost-Berlin gemacht. Genau der Typ. So hab ich mir das immer gedacht. Hat sich systematisch immer in Einkaufskader von der Kaufhalle oder Betriebsgaststätten-Dispatcher verknallt. Schlangestehen kennt die erst seit November '89.

»Und ihr seid eine aussterbende Spezies, ich weiß, Göttin!« hat Orwell mich angeblökt, als wir Dienstag abend wieder bei mir im Dach saßen und eigentlich einen herzzerreißenden Brief ans Finanzamt formulieren wollten. »Identität – nein danke! Ideologie – wie schreibt man das? Wie war denn nun der Killer!«

»Impotent.« Ich kann doch jetzt nicht auch noch Steuern aus grauer Vorzeit nachzahlen. Wovon wohl?

»Und sonst?«

»Ich sage nur: Junge Männer mit Einkaufstüten –«.

»– sind wie Kreissägen unter Häkeldeckchen?«

Auch bei Orwell ist eben nicht jeder Satz ein Hit. Kurz, der Killer scheint seine Opfer in Supermärkten zu suchen. Keine der Frauen hat die Tüten mit dem Vogelsand sehen können – ja ja, stell dir vor, ich *hätte* die Zoohandlungen alle durchgekämmt! Der KriPo hat's ja auch nichts genützt. Gut, und von da guckt er sich dann eine aus. Äusserlich immer dieselbe Sorte: zirka fünfzig, matronenhaft ... Nein – Gerlinde ist sechsundvierzig, aber der Sozialismus hat ja – wie soll ich sagen, macht ja, also wirkt doch alles irgendwie ein bißchen ältlich, nicht? Vielleicht war sie auch einfach die einzige im Laden, die schwer zu schleppen hatte. Das ist nämlich seine Masche: Er trägt den Frauen die Tasche nach Hause. Marke: was für ein guterzogener junger Mann! Auf dem Weg bis zur Haustür hat er raus, ob jemand in der Wohnung ist. In siebzehn bekannten Fällen ist er vor dem Haus umgedreht. In den anderen neun hat er gern den Kaffee angenommen, den sie ihm vermutlich alle angeboten haben. Bei Gerlinde war's Fürst Schmettermich, na ja, und das hat dann ja auch hingehauen. Sie hat die Flasche aus dem Kühlschrank geholt, ihm in die Hand gedrückt und sich wieder weggedreht, weil sie ein paar von den eingekauften Sachen in den Kühlschrank legen wollte – also, ich will's nicht beschwören, und es ist ja auch völlig wurscht, aber ich glaube, sie hatte sich insgeheim einen netten Sonnabendnachmittag ausgerechnet mit dem Kerl. Und plötzlich legt der ihr von hinten einen Arm um den Hals und drückt zu und zerrt an ihrer Hose herum –«.

»Und ihr rutschen die Fischstäbchen aus der Hand! Göttin –«.

»Wie kommst du denn auf Fischstäbchen, Orwell!«

»Ich hab's gleich! Gleich hab ich's.«

Das Übersinnliche war Gott sei Dank nie Orwells Stärke, hab ich gedacht. Bei Gerlinde war ich mir nicht so sicher. Vielleicht hatte sie einfach Instinkt. Sie kann sich jedenfalls nicht genau erklären, wie das weiterging. Sie muß ihn so mißverstanden haben, daß sie sich zu ihm umgedreht und ihm freudig die Arme umgeschlungen hat. Das hat ihm den Saft aus dem Bizeps gezogen. Komplett. Was heißt hier bloß aus dem Bizeps, Eddy! Der hat die andern acht alle gefesselt, dann hat er ihnen die Kleider zerfetzt, Sand zwischen die Beine gekippt und in den Mund. Sonst nichts. *Anderen* Saft hat der offenbar gar nicht im Auge gehabt, also ich meine – na, du weißt schon. Aber das wußte Gerlinde ja damals nicht. Vor der hat er bloß geschlakkert wie Spejbl & Hurvinek zusammen. So eine Panik im Blick hat sie noch nie gesehen, sagt sie. Und dann ist sie durchgedreht und zur Furie geworden. Na – wie schon, in so einer Situation! An die Wäsche ist sie ihm, juchzend und quiekend und geil wie die Bettszenen in *Polizeiruf 110*, frühe achtziger Jahre. Da ist er abgehauen. Sie hatte ihm nämlich die Hose aufgemacht und runterge –.

»Der kleine Jens!«

Ich hab noch nie so einen Eifer im Blick von Orwell gesehen, Eddy. In Sekundenschnelle war der eine einzige Arbeitsbeschaffungsmaßnahme. Und mehr Zeit hab ich auch nicht gebraucht, um klar vor Augen zu sehen, was die ganzen Tage vor seiner und meiner Nase gelegen hatte. Auf der Zunge quasi gewissermaßen. Weißt du noch – die Geschichte mit dem Urlaub in Florida? Orwell und ich in dieser HUI-TUI-Zwingburg, pauschal und gekocht wird mit guter deutscher Butter? Ja – und da war diese Familie. Zwei Paar Großeltern und ein Bengel von siebeneinhalb Jahren. Der kleine Jens. Allein zwischen zwei Omas, die sich pausenlos daran delektiert haben, ihm die Badehose runterzureißen. Tag für Tag. Und wenn die mal ausnahmsweise nicht am Strand waren, hatten sie die Damen aus den Nachbarburgen damit betraut. Jens kommt aus dem Wasser – sofort Hose runter. Abtrocknen. Alles öffentlich. Alle gaffen. Schließlich darf er seine Blöße wieder bedecken, aber nur, wenn die andere Badehose schon trocken ist. *Ich* hab beobachtet, wie die Matronen heimlich die Zweithose unter den Trinkwasserkran gehalten haben, solange der kleine Jens im Meer herumgeplanscht hat. *Orwell* hat sich die Gesichter angeguckt – na, ganz einfach, er hat sich mit den beiden Opas ins Gespräch gebracht. Die Bundesliga ist ja ein ungemein verläßlicher Türöffner – wenn man sie kennt. Ich glaube, er hat über Bayern München hergezogen, und die Leute waren aus Bremen. Oder Dortmund? Nee – das war doch später? Ich hab keine Ahnung. Ist ja auch wurscht. Jedenfalls hat er ein paar Tage ganz dicht dabei gestanden und zugekuckt. Wie die Omas sich aufgeilen, wenn sie dem Bengel mit dem Handtuch zwischen den Beinen rumfuhrwerken. Die Gesichter, wenn sie es geschafft haben, daß der vor Scham und Panik fast platzt. Die gaffenden Opas, denen die Lefzen laufen, wenn sie ihren Weibern beim Geilwerden zukucken dürfen. Und aus den Nachbarburgen werden die Hälse gereckt, und alles weidet sich an der Klemme, in der der Kleine steckt: Läßt er sich abtrocknen, ist es ihm widerlich – versucht er wegzurennen, stellt ihm irgend jemand ein Bein. Dann fliegt er hin und hat die Schnauze voll Sand. Und was wahrscheinlich noch schlimmer ist – im Getriebe auch, sozusagen. Und dann fummeln sie ihm erst richtig dran rum.

»*The Making of a Triebtäter,* haben wir damals gedacht, weißt du noch, Göttin?« Orwell sprang hoch, fegte die wohlsortierten Steuersachen vom Tisch und griff nach dem Telefon.

»Büroschluß, Orwell. In die TUI-Computer von – wann war das überhaupt? '80? '81? Durchtelefonieren kannst du dich da erst morgen wieder. Eilt doch auch nicht.«

Wir waren ja sicher, daß der etwa zwanzigjährige Mann mit dem absoluten Nullgesicht nur der kleine Jens sein konnte. Wir hatten die Nachnamen beider Großeltern aus dem Gedächtnis gekramt. Ob die noch dieselbe Adresse hatten wie vor zwölf, dreizehn Jahren – darum sollte sich notfalls die KriPo kümmern. Schöner wär natürlich, wenn ich auch denen auf die Bude rücken könnte, per Telefon –, so etwa in der Aufmachung von Tippi Hedren als *Marnie*, ich meine, rein akustisch, und die würden mir freundlicherweise gleich die Adresse von Jens Sowieso durchgeben! Ich stellte mir das einfach eleganter vor – wie ich bei der KriPo reintänzele, am besten gleich bei Herrn Oberrat, und ihm nur den Zettel über den aufgeräumten Tisch schiebe …

■

Eddy ist schon wieder not amused. »Schade, daß es nicht Wodkas Bazookas war!« knurrt sie schließlich.

»Also, ich hab wirklich das Gefühl, du nimmst mich nicht ernst! Ich erzähle dir einen ganz realen Fall, mitten aus dem Leben gegriffen, und du – Wodkas Bazookas *gibt* es nicht! Den haben wir uns ausgedacht, ich und Orwell! Der ist so eine Art Sammelbegriff, wenn ich nach irgendwem fahnde, von dem ich nicht genau weiß, wer es sein könnte. Und für so was wie das hier wär der gar nicht in Frage gekommen – Wodkas Bazookas bezeichnet bloß, was zum Einzugsbereich organisierte Kriminalität zählt –«.

»Sag ich ja: Schade! So was wie die Vogelsandkiste, das würde mir gefallen für den.«

»Bloß weil *du* Balten nicht leiden kannst –«.

»Mumpitz! Erklär mir lieber endlich, was die Fischstäbchen in der Geschichte verloren hatten! Und dann muß ich wieder.« Sie hat die Füße schon in den braunkarierten Puschen.

»Die Großeltern. Die waren mir und Orwell gleich am ersten Tag unangenehm aufgefallen, weil sie am Büfett randaliert haben. In der Quintessenz ging's darum, daß ihnen der Fisch *zu sehr nach Fisch* schmeckte! Orwell hat eine

Bemerkung gemacht, sie sollten doch Fischstäbchen bestellen. Und prompt hieß er beim Personal nur noch ›Fischstäbchen‹ – das hat er denen nie verziehen.«

Ich widme mich wieder meinem Spiegelbild, dieweil Eddy ihre vier Flaschen Bier entsorgt. Doch – *vor* diesem grauenhaften Hollywood-Ende, bevor sie wieder zum Frauchen und Muttchen bekehrt wird, sieht Ellen Barkin ziemlich scharf aus in *Switch*! Na ja, dafür kriegt sie ja dann auch die Todesstrafe. Blonde Lottersträhnen. Braune Augen. Breite Schultern. Dieser Stich ins Ordinär-Handgreifliche ... Der Kerlsoutfit ist auch genau auf dem Punkt heute für mich, beschließe ich. Und genieße mit der vollen Breite meiner auch ansonsten nicht sehr schmalen Lippen, daß der Vogelsandripper ein insgesamt sehr angenehmer Fall war. Kein Bericht. Keine Ermittlungsprosa, aufgrund derer die Agentur OMNI wieder mal dasteht wie Jane Bond. Nicht mal eine detaillierte Rechnung inkl. Wehrmachtsteuer und Zahlungsziel! Einfach nur ein Hinweis, der zur Ergreifung des Täters oder wie die sich immer ausdrücken –.

»Und wann rücken sie die zehntausend Mark raus?« fragt Eddy schräg hinter mir.

Wüßt ich auch gern.

September 1993

16.50

»... kurz, es war ein Tag für die Gnossienne No. 5.« Ich balanciere die letzten Reiskörner auf den Stäbchen in mein Sojasaucennäpfchen. »Erstens hatte der Sommer ja offenbar ein Rebirthing erlitten, zwei Tage vor Herbstanfang ...«

Eddy scheint überhaupt nicht zuzuhören, sondern sitzt im Rollstuhl vor dem Tisch und kaut geräuschvoll rohen Fisch. Ist *sashimi moriawase* neuerdings vielleicht interessanter? Wieso komme ich dann eigentlich jeden Sonnabendnachmittag und erzähle aus meinem Leben als Boß & Belegschaft der Agentur OMNI Brandenburgische Straße 38 4 Treppen! Zuzüglich 1 Wendeltreppe. 39 Trittchen. Ein Geländer, das sich seinerseits am liebsten hilfesuchend an die nächstbeste Hand klammern würde. Das Ganze durch das Riesenstudio von diesem Okkulti-Multi, der mir die beiden roh aus dem Dach gekratzten Kämmerchen untervermietet. Also fast jedesmal durch ein Rudel Kloßköppe, die sich mittels »Nonverbaler Gesprächstherapie« oder »Selber atmen nach A. Rielle« in den Club der besseren Menschen einkaufen wollen, statt es erst mal mit einfachem Gut-Sein zu probieren. Der Schein, den Eddy pro Geschichte spendiert, kann's doch nicht sein – obwohl: Die Miete deckt er ab. Darf man nicht unterschätzen. Berlin führt sich ja inzwischen auf, als wär Chaplin hier. Zur Verfilmung von *Gold Rush* in den Kulissen von Manchester, frühes neunzehntes Jahrhundert!

Ihre Bierflasche steht auch noch unangerührt da.

»Nimm mir mal den Octopus hier ab. Für den braucht man *eigene* Zähne!«

»... zweitens«, ich trinke mein Bier aus und warte, daß ich mit dem Fisch in ihre Sojasauce mit dem beißenden grünen Meerrettich darf, in die sie eben eine nackte rohe Garnele hängt.

»Du hättest mir ruhig ein Stück von deinem Lachs überlassen können.« Eddy ist knapp neunzig und schläft und ißt an sich entsprechend sparsam. Beim Schlafen liegt's an den entwässernden Medikamenten. Was das Essen betrifft – *sashimi* scheint Naturgesetze aushebeln zu können.

»... zweitens«, ich beobachte, wie sie den ganzen Rest Sauce über ihren Reis kippt und gierig das Schälchen leer löffelt, »hatte unter mir eine Herde zentraleuropäischer Elefanten Bauchtanz-Kurs. War ja Dienstag ...«

Nach den Gesetzen der Natur müßte Eddys oberer Verdauungstrakt jetzt jeden stillgelegten Salzstock als Sondermüllendlager sicherheitstechnisch abhängen. Aber Eddy ist schon immer eher den Gesetzen der *menschlichen* Natur gefolgt. Folglich lehnt sie sich mitsamt der vollen Bierflasche im Rollstuhl zurück und nimmt sie erst leer wieder von den Lippen. »Bauchtanz«, manchmal kann sie ganz die Huldvolle sein, »soll ja sehr helfen gegen Menstruationsbeschwerden.«

»Aber nicht ohne Bauch! Und mit Gelenken, die so knarzen, daß die Fußglöckchen vor Wut verstummen!«

Irgendwie ist Eddy nicht bei der Sache. Sie starrt auf fünf Stapel Bücher, die sich in der Enge zwischen ihrem Bett und dem monströsen Kanzleischreibtisch türmen. »Bauchtanz ... Gott ja ... *ultima irratio* der Selbstverblödung ...«, grunzelt sie, »gibt Schlimmeres! Wodkas Bazookas zum

Beispiel … Was ist eigentlich – no Jever for me? Hab ich was Falsches gesagt?«

Will sie heute gar keine Geschichte hören? überlege ich auf dem Weg zum Kühlschrank und zurück. »Menstruation war mein ›drittens‹! Du weißt ja, *mir* hilft –«

»Das da auch.« Sie reißt mir die Flasche aus der Hand.

»Was sind das überhaupt für Stapel?«

»Regenwald!« Sie dreht den Kopf wieder zu mir. Die tausend Fältchen in ihrem großen, flächigen Gesicht haben sich zu Spottwellen arrangiert. Nur durch ihre Augen flackert verzweifelter Zorn. »Sonntag nacht bin ich wach geworden, und da mußte ich mal *nicht* auf den Egon. Da hatte ich einen erleuchtenden Blitz im Kopf – neunzig Prozent aller Bücher sind pure Regenwaldvernichtung! Mindestens!«

»Eddy!« Solche Töne von ihr? Sie holzt doch selber gern weiter mit ab. Mit all ihren Doktorandinnen und Frauenforscherinnen und weiß der Himmel was sonst noch für Anbeterinnen, die sie mit Endlosinterviews beglückt. *Mein Leben als Exkommunistin und Immer-Noch-Lesbe*. Gut, manche verarbeiten Eddy auch zu Fernseh- und Funkfeatures. Aber allein das Abtippen der Bänder –.

»Also hab ich ausgemistet. Gleich Montag, mit der Pflegerin.«

Übermorgen kommt ein Altpapierhändler und holt die Stapel ab zum Recyceln. Ich weiß nicht, was mich daran irritiert. Geht es ihr vielleicht gar nicht um den Regenwald? Wirft sie einfach Ballast ab? Ist das eine umgekehrte Mobilmachung fürs Sterben, das sie seit Jahren für überfällig hält?

»Na – vielleicht wischst du dir auch bald den Hintern mit meiner ehemaligen Lektüre ab!« Wieso strahlt sie jetzt wieder wie fünf Pfund Forellen aus dem Kühlwasser von Cattenom? »Kriege ich heute eigentlich noch eine Geschichte, oder hat einer von deinen – Dingsda! die Miete übernommen?«

»Mäzenen!« Ich brülle vor Erleichterung. Eddys »Berühmte-Schlachten«-Spiele sind nicht bei den Stapeln.

»Mumpitz! Für mich sind das – Gott, wie heißen die! Freier!«

Komisch, angemacht hat mich Eddy nie. Aber auf meine paar Senioren, von denen ich mich noch immer hin und wieder in Freßtempel einladen und mir die Bargeldbestände auffrischen lasse, reagiert sie immer irgendwie grantig. »Dann bist du auch einer ...«

»Lenk nicht ab! Was hast du denn nun Dienstag beim Großen Aufräumen gefunden?«

Eddy pur. Also hat sie doch zugehört. Denn daß mir kurz vor dem allmonatlichen Besuch der Tante Rosa nur konvulsivisches Aufräumen hilft, das weiß Eddy, seit sie mich kennt. Und jedesmal lauert sie drauf, daß ich ihren Aberglauben bestätige: Prärosiöse oder gar rosiöse Zustände stellen eine Art Heckenschützenangriff auf Dramaturgie und Disziplin dar.

■

Mit den Aschenbechern hab ich extra laut geklappert. Vier sind mir sogar aus der Hand gepoltert. Ich hatte sie wie allmonatlich von dem Metallvorbau vor dem Fenster geangelt und wollte sie zum Waschbecken tragen. Also, erst mal zur Mülltüte natürlich. Aber die war voll, und dann hab ich vor Wut die vier Dinger fallen lassen, die haben die volle Tüte umgerissen, der ganze Syph ging auf die T-Shirts, die hatte ich gerade ordentlich gefaltet und gestapelt – wie, was für T-Shirts? Na, die mit vorne drauf DON'T WÖRNER ME! und hinten drauf ROGER! Wo wir damals die schnelle Mark mit –. Hast *du* auch gedacht! Also, jetzt lenk *du* doch nicht ab!

Na gut. Ich war kurz vor dem Aufstieg zum HB-Männchen. Die T-Shirts versypht. Neue Mülltüten weiß der Kukkuck wo. Wahrscheinlich zwischen Klopapier, Watte, Tampons, Schmink- und Waschsachen. Das war mir alles gleich am Anfang auf den Kopf geknallt, weil Orwell mir ja noch immer kein anständiges Regal gebaut hat und ich die Etagere aus Waschpulverkisten und den Werbebroschüren des Verbandes Deutscher Detektive mit dem Besen umgerissen hatte. Kein Bier mehr da. Kein einziger Krümel Reiscräkker. Und unter mir das Getrampel! Als ich die gesamte Monatsproduktion von neunzehn Aschenbechern geschafft und die T-Shirts zu dem Haufen vor der Waschmaschine gebracht hatte, hat die Zwischendecke immer noch gewakkelt. Ich hab gedacht, ich bin Catherine Deneuve in *Ekel*, gleich reißt's die Wände auf. Und dann hab ich meine eigene Urschrei-Therapie angefangen und mich in meine Schaukel gesetzt und mir eine angesteckt und überlegt, was ich jetzt auflegen soll. *Beast of Burden* wär's von der Aggressivität her gewesen. Aber du weißt ja, mit Tante Rosa im Anzug komme ich mir selber immer vor wie Bette Midler im Quadrat. Ganz klar – so kam dann Satie auf.

Sechsmal die Gnossienne No.5 hintereinander und zwei Zigaretten vom Typ »Ein Loch im Schuh ist kein Mittel gegen Vaginaneid!« und ich wär fast aus der Schaukel geflogen. Feierabend für den Putzteufel! Ich war endlich wieder Ellen Barkin, frisch ge*switch*t – schlackernder schwarzer Anzug, blonde Lottersträhnen. Leicht wie die perlende Witwe Klickow selbdritt – und à propos Perle und so weiter: Die Tante würde sich innerhalb der nächsten halben Stunde selbst aus dem Anzug schubsen. Und dann würde ich mich mit der Wärmflasche ins Bett verfügen, die nächsten und letzten Schritte planen und Orwell anrufen, damit er mir ein homöopathisches Abendmahl vorbeibringt. Argentinisches Riesensteak oder so. Hauptsache englisch gebraten!

Denn ich hatte die Lösung. Der Fall *Sächsischer Schwan* war geklärt.

■

»Du kommst mir jetzt ja wohl nicht mit diesem Unfug, daß man Kriminalgeschichten von hinten erzählt!« Eddy schlurft, gestützt auf ihren Stock und mit meiner Hand fest zwischen ihrem linken Oberarm und der dazugehörigen Brustflanke, vom Klo zurück in ihr eines Zimmer und läßt sich auf das Doppelbett sacken. »Ich will keine Lösung erzählt kriegen! Ich will erzählt kriegen, was da draußen in der Welt los ist, wo ich nicht mehr hinkomme.«

»In die ehemalige DDR bist du früher schon nicht gekommen«, ich hänge den Stock über den Stuhl mit dem Nachttopf unter der aufklappbaren Sitzfläche, den Eddy Egon nennt – eine ihrer dezenten Andeutungen, daß sie Männer im allgemeinen für beschissen hält –, und helfe ihr beim Ausziehen.

Sie hat keine schlechte Laune. Auch wenn sie sich Mühe gibt, so zu klingen. Sie hat sich nur selber den Parteiauftrag erteilt, meine vermeintlich ausgeblutete dramaturgische Disziplin hochzurüsten. Auf Formeln und Konvention reagiert sie grundsätzlich mit einer Kriegserklärung. Sie nennt das vorauseilenden Ungehorsam, und den hat sie, was das Geschichtenerzählen angeht, zu derselben Meisterschaft gebracht, mit der kleine Kinder die Märchen zerpflücken, die man ihnen erzählt. »Huhdannit – oder wie das heißt! Das ist was für pensionierte Politiker, die nach der Zahl der Jahresringe am Hintern bezahlt werden! Agatha Dingsda – ächfff«, sie hievt und schiebt sich Zentimeter für Zentimeter zurecht, bis sämtliche Gliedmaßen die günstigste Formation gegen Arthroseschmerzen eingenommen haben, läßt sich die Decke überdrapieren und postiert Zettelchen und Filzstift in Griffnähe. »Was ist – sollen wir hier auf dem Trockenen sitzen?«

Etwa vier Minuten später kann ich endlich anfangen. Eddy thront zwischen neuer Flasche und Schreibutensilien, ich sitze auf Egon, neben dem Bett, und die Altweibersonne ergießt sich rötlichgolden über unsere Gesichter und zaubert ihnen die absolute Freiheit von so trivialen Schrecken wie Pickel oder Falten an. »Also dann – Stichwort: Regenwald. Stichwort: Leseland DDR. Vor ein paar Wochen –«.

»*Disoriente lux!*« Eddy füllt den ersten Zettel mit ihren mikroskopischen Skribbelchen. »Wer ist überhaupt erst mal dieser sächsische Schwan – die Großnichte von Fräulein Kempner oder was?«

Wenn das so weitergeht, muß ich *gleich* auf den Balkon, eine rauchen! »Eddy – was willst du: Eine konventionelle Exposition, die selbst Fernsehredakteure nicht überfordert? Oder meine Geschichte!«

No Jever for you! sprüht Eddys Blick.

I'm *not* just here for a beer! blitzt meiner zurück.

■

Vor ein paar Wochen hatte mir zum ersten Mal einer meiner Mäzene einen Auftrag erteilt. Also, der Agentur OMNI – wie omnipräsent, omnipotent, Omnibus .... Sein Name tut hier nichts zur Sache. Industrie- und Handelskammer Berlin. Oberste Etage. Die zahlen auch die Kohle, so wahr ich *keine* Göttin bin! Auch wenn Orwell mir das penetrant einzureden versucht. Ich bin einfach der Typ Frau in den besten Jahren – sechsunddreißig, ja, weiß ich, Eddy! –, der das ehemalige Biotop West-Berlin zu dem gemacht hat, was es war, und jetzt zu den aussterbenden Arten gehört. Ich hab, wie du weißt, früher in Punkklamotten Häuser besetzt, in bärengelben Hostessenuniformen Kunden kalten Messekaffee eingeschenkt und im kleinen Schwarzen zu blauen Stilettos wohlsituierten älteren Semestern das Abendessen sowie die paar Stunden danach verziert – ja natürlich am selben Tag, Eddy! Na – *unter* fünfhundert ging das nie ab. Genau, von *denen* sind mir ein paar treu geblieben. Ja, dieser auch. Bei dem bin ich *Lisa*.

Es war wie bei Peter Schwach-Strohm: Sie hatten einen Mann aus ihrer Mitte verloren, auf unnatürliche Weise natürlich, und die KriPo kam nicht voran. Der Mann hieß Otto Schwan – eben! Ganz genau: aus Sachsen. Und zu Lebzeiten der DDR ein irgendwie allseits verwendbarer Top-Kader für Partei, Staatssicherheit und Kommerzielles Koordinationswesen. Nein, genau hat das keiner rausgekriegt. Er konnte wohl seine Aktivitäten so weit in die Neue Zeit rüberziehen, daß sie bisher keine Akten gefunden hatten. Die »Entstasifizierung«, wie die Nostalgiker des »Reichsbahngebiets« sich ja gern ausdrücken, hat er wohl ohne Einbußen überstanden. Und einen leitenden Posten hatte er dann auch bald wieder. Bei einer Recycling-Firma. Jaja, ausgerechnet. Duales System oder irgend so ein Profitpipifax. Damit kannte er sich angeblich aus. Gute Frage. War auch *meine* erste.

»Tja – wie. Wie ist er zu Tode gekommen ... Die Polizei versteift sich jetzt auf Selbstmord, Laura, aber *wir* –«

Laura? *Ich* wechsele ja die Namen notfalls noch öfter als die Klamotten, aber *er* scheint auch nicht bloß seine Gattin zu frequendieren! Schwans Otto jedenfalls war eines Tages direkt unter die Fahrerkabine vom Orientexpreß geraten – na, Linie 1. Und zwar die *aus* Kreuzberg und *nach* Ruhleben. Nachmittags um zehn vor fünf. Der Fahrer war seitdem ein Fall fürs soziale Netz. Der arme Kerl hatte sich unter Totalschock aus der Kabine gehangelt und mitten auf dem Bahnsteig Zoo, in die schreienden Zuschauer hinein, von irgendeiner Gestalt deliriert, von der Schwan geschubst worden sei. Wieder und wieder, erst heulend und dann immer heiserer, bis endlich die Feuerwehr mit der Trage kam. Auch eine Woche später, als sie ihn schließlich im Krankenhaus vernehmen konnten, wußte er nichts Genaueres. Nicht mal, ob die Gestalt ein Mann oder eine Frau gewesen war. Die KriPo hatte daraufhin beschlossen, daß die paar anderen Augenzeugen, die auch gesehen haben wollten, daß Schwan sich nicht selbst vor die U-Bahn geworfen hatte, nur aufgrund von Suggestion und Massenpsychose zu ihren Aussagen gekommen sein mußten. Zumal sich die Frauenfraktion in etwa die Waage hielt mit der, die von einem Mann überzeugt war.

»Herb-äh – du weißt, was ich für Dienstleistungen *der* Art berechne?« fragte ich, genau als der Ober direkt neben mir ans Köpfen der Flasche Piper-Teilsieg ging.

Mein Mäzen schluckte auch *die* fünfhundert. Pro Tag, versteht sich. Plus Märchensteuer und Spesen. Und ich fing an, den Abend richtig nett zu finden. Aber wieso denn, Eddy? Erstens *haben* Frauen weniger Geld. Zweitens *gilt* Geschichtenerzählen hierzulande als minderwertige Kunst. Drittens – ich *krieg* doch nicht bloß die hundert Mark von dir, ich *lerne* doch auch – ja! Die Regeln der Kriegskunst zum Beispiel! Wo sollte ich die denn sonst wohl herkriegen?

»Nachdem wir das klar haben«, ich hab die Seite aus seinem Notizbuch mit der schriftlichen Bestätigung in die Tasche gesteckt, »wer ist Laura?«

»Wie bitte – wer – Laura? Ähh-m – ach Laura – jahhh –«, so gestammelt hatte er bisher nur nach unserer ersten Nummer. Und da hatte ich ihn bloß gefragt, ob seine Frau ihm die Schamhaare rasiert hat. Eifersüchtige Frauen können ja jedem Clausewitz den Rang ablaufen.

■

»Die, die auf dem Geld sitzen, auch!« Eddy gibt mir zu verstehen, daß sie diesmal nicht nur wg. Wassertablette auf dem Klo sitzt; und ich sie erst in einer Zigarettenlänge wieder abholen soll. »Frauen sind sowieso bessere Strategen. Von Taktik wollen wir gar nicht …«

Wie kommt sie denn jetzt auf Geld? Sie weiß doch noch gar nicht, daß Geld und eine Frau –. Ich hab doch selber ewig gebraucht, bis ich raushatte, also, bis Orwell zu diesem kleinen »Fakt« vorgestoßen war, daß der Sächsische Schwan und – oder ist das einfach Lebensweisheit? Eddy doziert ja gern: Wenn du dir die Kriminalstatistiken ankuckst – Frauen gehen immer eher ans Geld, Männer ans Leben.

Du wirst dich gleich umkucken, mein liebes Fräulein Eddy, freue ich mich. Und dann beißt mir erst mal Rauch ins linke Auge, und ich drücke die Kippe auf der Brüstung des winzigen Balkons aus und werfe sie runter in den ganz großen Aschenbecher, der gelegentlich von der BSR gereinigt wird, und gehe wieder rein und reiche Eddy meine Hand. Für die Dosis Berührung, die sie braucht und für die sie bekanntlich nicht jede Hand nimmt. Und noch lange nicht jede ihrer Verehrerinnen, die manchmal jahrelang um eine Besuchserlaubnis buhlen, darf ihr ein frisches Taschentuch aus dem Schrank holen. Die meisten bringen's bloß bis zur Klopapierrolle. Türmäßig gesehen ist Eddys Wäscheschrank nämlich ein Spind – jede Menge knackige Blondchen mit Schmollmund und vorgereckten Titten. Sheer sixties. Gott ja – wir haben alle unsre Billigecken, wo wir uns mit Wollust unter Niveau amüsieren!

▪

Also, ich hab dann erst mal die Laura Laura und meinen IHKammerjäger einen guten Freier sein lassen. Es war halb eins, als ich Orwell in seiner Stammkneipe fand. Nachts – natürlich! Och, diese schwäbische Filmkantine da, Grolmanstraße. Maultaschen an ihren dito Helden. Nee, die gibt's schon ewig, Eddy. Freiwillig geh ich da nie rein. Die ganze Gegend Savignyplatz-Nord ist ja inzwischen eine einzige Chichi-Kantine. Und ausgebaute Dächer für die Erben des letzten Wirtschaftswunders. O nee – du und ich, wir passen da nicht rein. Für die wären wir ein Kommando, das ihre ganze Existenz bedroht.

Orwell war wieder just here for a beer, stundenlang, und ich hatte einen handgeschriebenen Vorvertrag in der Tasche.

»Richtig, Göttin! Korrekt!« Seine Zunge hakte wirklich schon hörbar. »Ohne was Schriftliches fangen wir gar nicht erst an. Hat Matthäus auch so gemacht – und siehe, es hat sich gelohnt. Jetzt ist der ein Spitzen-Libero!«

Orwell ist ja Fußballcrack. Deshalb steht er wahrscheinlich so ungern abseits, egal bei was. Als ich ihn endlich auf der Straße hatte, hätte ich über den FC Bayern heute im Bild sein müssen. Wenn ich zugehört hätte. Aber das ist ja mehr Orwells Stärke. Und nach den gut zwanzig Minuten zu Fuß bis zur Brandenburgischen hatte sich der Alkohol in seinem Blut auch wieder so weit entspiegelt, daß er – während ich die Showklamotten abwarf und unter die Dusche ging – Kaffeewasser aufsetzen und mir das richtige Formular für den richtigen Vertrag mit der IHK raussuchen konnte.

»... was du aber noch *nicht* weißt –«, ich wickelte mich in meinen puscheligen blauen Bademantel und goß den Kaffee auf, »kurz nachdem Schwan sich ausnahmsweise dem öffentlichen Personennahverkehr hingegeben hat, hat jemand sein Auto genommen, ist damit zu seinem Haus nach Zeuthen gefahren und hat da ein bißchen umdekoriert.«

»Ach nee – und wer?«

»Eben!« Ich suchte noch immer nach warmen Socken.

Das Auto war ein paar Tage später bei Cottbus gefunden worden, aufgebrochen nach Profiart aus Neu-Wildost. Daß jemand es mit noch intakten Seitenfenstern kurz nach Schwans Tod vor Schwans Haus stehen sehen hatte, paßte der KriPo nicht recht ins Selbstmordkonzept. Ein- oder aussteigen hatte jedenfalls niemand jemanden gesehen. Die Haustür war unversehrt, sämtliche Fenster gemäß den

Richtlinien des Verbandes Deutscher Versicherer verschlossen. Schwans vorherige eigene Art, Möbel und kleinere Gegenstände anzuordnen, konnte niemand beschreiben. Seine Frau hatte sich gleich nach Maueröffnung ins Bayerische abgesetzt, zwei erwachsene Kinder nach Potsdam und nach Uelzen. Anderen Verwandten hatte er schon früher keinen Einblick in seine Privatsphäre gewährt.

»Durfte er auch nicht, wenn er bei der *Firma* war.« Orwell goß sich den nächsten Becher Kaffee ein. »Aber eine Geliebte hatte er – oder war er schwul?«

Beides hatte mein Mäzen lebhaft bestritten. Ich konnte es mir auch nicht vorstellen – nein, daß er *keine* Geliebte gehabt haben soll. Eddy, jetzt laß mich – ja! Klar hab ich Orwell am nächsten Morgen auf die Hamsterrolle geschickt, während ich das Vorzimmer von unserm Gönner aufgesucht und eine stattliche Schallmauer namens Frau Sahlmann durchbrochen habe. Wozu hat man schließlich ein Faktotum! Na ja – *fast* totum ... Orwell ist nun mal begabt in mühevoller Kleinarbeit. Er hat auch so was – Gewinnendes. Wenn er so »guten Tag, mein Name ist Blaer. Erik Blaer« sagt .... Jedenfalls, nach zwei Tagen in Zeuthen als westdeutscher Neffe von Schwan, der endlich seinen Onkel gefunden zu haben hoffte, hatte er ein paar vielversprechende Fakten gesichert. Unser Onkel Otto hatte in Sachsen mit Literatur zu tun gehabt – nein, nicht als Schriftsteller! Zensor war er auch nicht gewesen – kalt, Eddy, ganz kalt. Er war *Unser Mann auf dem Buchmarkt*: Produktion, Absatz, Papierbeschaffung, so was. Zweitens: Auf dem Nachbargrundstück wohnte ein interessanter Mensch, der Orwells Begrüßung erst mal mit einem knurrigen »und *mein* Name ist Erwin Lindermann!« gekontert hat. Was? Nein, der hatte *nicht* im Lotto gewonnen, Eddy! Der hatte seinen Arbeitsplatz verloren und wohnte da bloß zur Untermiete. Ziemlich hohe Funktion bei der KriPo der Hauptstadt der DDR früher. Nach der Wende abgewickelt,

Detektei aufgemacht, machen sie ja alle, und dann Dumpingpreise! Na jedenfalls hat er drei dicke Personen- und Anlagenschutzaufträge eingebüßt, weil irgend jemand, wahrscheinlich von den alten Kollegen, mit ein paar Akten von ihm hausieren gegangen ist, und seitdem züchtet er einen Frust von der Größe einer Muster-LPG. Gegen alles, was *nicht* zu den Verlierern der Einheit gehört.

Orwell kann ja ungemein nach pitiful loser aussehen. Kurz, am nächsten Abend saßen wir alle drei im »Labrys« – in der Wielandstraße, Eddy. Ja, das *heißt* so. Nein, keine Frauenkneipe. Der Koch ist Grieche, der Wirt aus dem Allgäu, und seine Frau *trägt* eine Doppelaxt am Hals, aber die ist aus Sachsen. War mal'n netter Laden! Darf ich weiter? Orwell war Jungautor und als solcher gehörig über den Tisch gezogen worden, und zwar von einem der ehemaligen Haupt- und Staatsverlage der DDR. Ich war erstens Gudrun und zweitens seine Freundin und Agentin. In Jeans, klar. Und Wörner-T-Shirt. Und wie ihm das gefiel! Na ja, den Witz mit »Roger!« mußten wir ihm erklären.

»Um noch mal auf unseren Ärger zu kommen, Erwin«, am besten gefiel ihm natürlich, daß ich den Ausschnitt noch ein bißchen weiter ausgeschnitten hatte – genau, the politicis of outfit, Eddy! »Was sagt ein gelernter Ossi, sozusagen, also, gibt es denn keine Möglichkeit, sich als Autor mal objektiv kundig zu machen, wie viele Bücher so ein Verlag eigentlich absetzt? Ich meine, daß der ganze Vertrieb noch nicht funktioniert, ist eine Sache. Aber Eriks Gedichte sind 1990 erschienen, und wir haben bis heute keine realen Absatzzahlen ...«

Und the politics of Sprachkostüm. Realer Absatz war objektiv die Sprache, derer Erwin kundig sein mußte. Ganz im Gegensatz zu Literatur.

»Tja – hmm. Ich war ja nun MUK – entschuldige, kennt ihr ja nicht: Morduntersuchungskommission. Wir hatten mit Büchern an und für sich nichts – thhöh!« Er starrte plötzlich ins Leere und hatte einen Zug um die Augen, daß mein innerer Buchmacher nur fifty-fifty setzen konnte, Heulen oder Lachen. »Wir waren ja schließlich nicht die NVA – *die* haben immer Kontingente gekriegt. Ganze Krimireihen. *Wir* durften den Genossen Autoren die Ermittlungsakten erklären, die sie zur Verfügung gestellt bekamen, und zusehen, daß sie ein bißchen Gefühl für die reale Polizeiarbeit – ach, Schluß. Das ist vorbei. Die sind jetzt genauso abgewickelt wie unsereins …«

Es wurde eine lange Nacht. Nein, Eddy – ich. Ich *weiß*, daß du –. *Ich* hätte die DDR *auch* von meinem inneren Globus gestrichen, wenn ich 1945 aus dem Untergrund gekrochen wär und meine Partei nur noch aus Kerlen bestanden hätte, denen meine Freundin plötzlich ein Dorn im Auge ist! Ich wär gleich ausgetreten. Das heißt, ich wär nie eingetreten – jedenfalls hätte ich garantiert auch keinen Fuß in deren Hoheitsgebiet ab '49 gesetzt – schon gar nicht, wenn ich *die* Informationen über ihre Schiebereien in Schöneberg gehabt hätte. Und *du* hattest die ihnen noch unter die Nase gerieben, Eddy! Bevor sie sich alle nach Pankow verflüchtigt und das Schöneberger Feld der SPD überlassen haben – trotzdem. Ich will ja auch nur sagen, Erwin hat interessante Sachen zu erzählen. Das Wort »Kontingente« ist mir im Kopf steckengeblieben, und ein paar andere Einzelheiten haben Orwell zu ein paar sehr schönen Stunden in Reichsbahnbüros und Bibliotheken verholfen. Und wie der geflucht hat zuerst! Ich übrigens auch. Ich durfte ja regelmäßig Bericht geben. Nein, mündlich erst mal. Aber denk du dir mal spesenintensive und erfolgsträchtige Tätigkeiten am laufenden Band aus! Die Zahlenspielereien, die Orwell jeden Abend anschleppte, waren allerdings noch alberner: Die gesamte Buchproduktion der DDR soll *vier Milliarden Bücher* umfaßt haben. 1945 bis '48. Die erste Hälfte in fünfundzwanzig Jahren, die zweite in bloß fünfzehn. 200.000

verschiedene Titel. Nein, Eddy. »Leseland DDR« ist *nicht* von mir! Hier, Augenblick –: »Mit vollem Recht können wir von der DDR als einem ›Leseland‹ sprechen. Verlage, Buchhandel und Bibliotheken haben viel getan, was der wachsenden Lesefreudigkeit der Bürger unseres –«, ich hör ja schon auf. Von Honecker persönlich. Das mußt du doch nicht mitskribbeln! Also schön: X. Parteitag der SED. 1981. Wieviel? Ich hab 250 errechnet. Jeder Bürger der DDR, Babys und Blinde inklusive, besitzt 250 Bücher allein aus der Produktion seines Landes! 1970 hatten sie ein besonders sattes Jahr, 121 Millionen Bücher. Dann sackt's ab, aber ab '74 geht's steil bergauf, und ab '80 haben sie nie weniger als 130 Millionen Bücher auf den Markt geschmissen. Angeblich. Gott – alles mögliche. Rund ein Viertel sogenannte gesellschaftswissenschaftliche Werke. Konstant. Nein, Fachliteratur ist wieder ein anderer Film. Belletristik an zweiter Stelle, ein gutes Fünftel. Was steht da – lies du vor. Ach, Verkaufszahlen! Ja – die *gibt's* nicht! Nirgends. Orwell hat nur einmal einen Vorgang gefunden, da hatte sich die Polygraphische Industrie der DDR beschwert, sie könne den Bedarf der Verlage nicht decken, weil die Papierindustrie zu wenig Papier liefere. Zu alte Maschinen. Das war '69. Danach gab's lieber gar keine solchen Planungspapiere mehr. Was ist – mußt du – ach so, sofort. Erst muß ich noch was ergänzen. Hab ich vorhin vergessen. Also – was Orwell schon bei der ersten Begegnung von Erwin Lindermann erfahren hat, war, daß Otto Schwan eine Geliebte *gehabt* hatte. Die hatte eine Zeitlang auch mit im Haus gewohnt, war aber vor etwa einem Jahr ausgezogen. Ungefähr zur selben Zeit hatte Schwan sich dual und systematisch selbst recycelt. Soviel wußte Erwin. Und daß sie mit Vornamen Laura hieß.

■

»Schon wieder dieser Name – ist ja widerlich!« grunzelt Eddy hinter mir her bis zum Kühlschrank. »Weißt du, was wir früher dazu gesagt haben? Muttern fand die Schose lau. Vattern hat sich rar gemacht!«

Auf meinem Rückweg mit zwei offenen Bierflaschen sackt einer der Stapel vor Eddys Bett auseinander. Die beiden Flaschen kann ich auf die Matratze retten.

»Eddy – was ist *das* denn!« Der größere Teil meiner grossen und wirklich sehr schönen nackten Füße liegt begraben unter mindestens vier Dutzend Landserheften vom Billigsten. »So was liest – hast du –.«

»Na, wieso!« Eddy ist plötzlich absolutely amused. »Die sind so blöd, da kann ich richtig schwelgen in meiner Überlegenheit. Braucht man manchmal, glaub es mir. Männer haben einfach keine Ahnung, wie man Kriege richtig führt. Deshalb müssen sie ja dauernd welche führen. Wirklich geniale Strategen müssen das nicht – kuck uns an!«

Uns? Ich hab wirklich noch keinen Krieg vom Zaun gebrochen, aber – hat sie mich eben etwa in ihren Rang erhoben?

»Kann ich jetzt endlich erfahren, was du mit deiner Reichsbahn und deinen Kontingenten noch so vorhast? Wer ist diese Liebe von Schwan?«

Bong. Lorbeeren sind das gemeinste aller Ruhekissen. Ob ich ihr auch einen reinhänge? überlege ich, während ich aus den Heftchen steige und wieder auf Egon Platz nehme. Ich könnte ihr weismachen, daß Wodkas Bazookas erst Otto Schwan vom Plafond geschubst, dann sein Haus durchsucht und danach sich mit Laura aus dem Staub gemacht hat. Motiv: Liquidierung eines unbequemen Geschäftspartners und Rivalen. Eddy würde es gern glauben. Obwohl es Wodkas Bazookas nicht gibt. Er ist bloß Orwells und mein Name für alle Großen Unbekannten aus dem Bereich Neue Unterwelten. Wär nicht das erste Mal, daß du dir was ausdenkst, und dann gibt's das wirklich!, pflegt Eddy diesen Hinweis zu kontern. Sie haßt Balten einfach, seit die damals so freudig heim ins Reich wollten. Und 1990, als das Baltikum die Sowjetunion verlassen hat, wär Eddy fast wieder zum Stalinismus konvertiert.

»Dann will *ich* dir mal sagen, wer diesen Schwan aus dem Weg geräumt hat!« Sie wirft den Stift hin und greift nach der Flasche. »Diese Laura. Stimmt's?«

»Wie kommst du auf die?«

»Du hast doch die ganze Geschichte so arrangiert, daß die mich dauernd wieder anspringt. Wehe nicht!«

»Volltreffer. Und weiter?«

»Na, ich nehme an, die kennen sich von früher. Über die Arbeit zum Beispiel …«

»Richtig.«

»… und hatten eine gemeinsame Leiche im Keller. Aus *der* Zeit.«

»Auch richtig. Was für eine?«

»Woher soll ich das wissen! Den werten Beruf der Dame hast du mir bis jetzt vorenthalten!«

Aber klar! Ich *sollte* ihr die Geschichte ja nicht von hinten erzählen. Und mir *war* nun mal erst Dienstag abend die Idee gekommen, daß ich Laura längst kannte. Ich nehme einen langen Schluck aus meiner Flasche und erzähle ihr, wie Orwell auf die Sache mit den schwarzen Löchern in gewissen Fahrplänen der Deutschen Reichsbahn, Abteilung Güterfernverkehr, Zielort Sowjetunion gestoßen ist. Bei der Bahnpolizei nämlich. Stichwort: Vereinigung der Bahnen … In aller gebotenen Breite. Und daß bei der Deutschen Reichsbahn bekanntlich immer schon die Bücher sehr gründlich geführt wurden –.

»Egal, was in den Zügen rollt!« Eddy schießt so erregt im Bett hoch, daß ihr das letzte Zettelchen vom Knie rutscht. »Ich sage nur Eichmann!«

»Na ja – hier waren es keine Menschen in Viehwaggons, sondern Papier in Güterzügen. Schwan hat riesige Kontingente von DDR-Verlagen bestelltes Papier und tonnenweise schon gedruckte Bücher in die Sowjetunion verschoben. Das war ein ganzes Netz von IMs und OMs, die die Bücher aus der Verteilung in Bibliotheken und Buchhandel rausmanövrieren mußten. Er war der Kopf. Und das Ganze war eine streng geheime Haupt- und Stasiaktion. Mit dem Papier wurden in der Sowjetunion die besseren Bücher gedruckt, die angelieferten Bücher haben sie recycelt. Im Detail wissen wir das alles noch nicht. Orwell hat nur zufällig mal *einen* solchen Gütertransport auf dem Papier verfolgt – nach Kiew, 16 Uhr 50 –«.

»Ab Paddington!« Eddy grinst wie ein Häkelmuster.

»Quatsch. Ab Lichtenberg, was weiß ich. Jedenfalls – soviel zum Leseland DDR.«

Eddy deutet auf den Zettel zu meinen Füßen. »Details sind mir viel zu langweilig. Kann mir schon denken, wie da jemand die Pläne gesäubert hat – wer ist diese verdammte Laura?«

Ich bücke mich nach dem Zettel mit dem Geskribbel. »Eben die Frau Sahlmann, die seit etwa einem Jahr Vorzimmerdrachen bei meinem Mäzen ist. Und nicht nur das. Einen Augenblick lang hab ich gedacht, er storniert den Auftrag, als ich ihm die Beweise vorgelegt habe, daß seine Laura-ähm-Frau-Sahlmann im früheren Leben Reichsbahnplanerin und nicht nur Schwans Geliebte, sondern auch seine Komplizin gewesen war.«

»Schade! Triebwagenführerin hätte ich schöner gefunden!«

»Bitte?«

»Na – *Trobadora Beatriz*, nicht? Aber wenn die ihre eigene Literatur gar nicht kennen können ...«

»Willst du den Rest auch noch hören?«

Eddy nickt zwar, aber es scheint ihr völlig wurscht zu sein, daß Laura Sahlmann nicht das Subjekt, sondern das Objekt von Eifersucht war und daß sie an einen Rest Kohle wollte, den Schwan irgendwo weggesteckt hatte. Daß sie so ungefähr die einzige Person auf der Welt war, von der sich ein Otto Schwan überhaupt zum U-Bahnfahren überreden lassen hätte, war ihr klar.

»Aber das ist nicht das ganze Geld, stimmt's? Da waren auch noch gewisse Unterlagen, mit denen sich die nächsten Jahre mehr Geld machen läßt.«

»Stimmt – woher –?«

Sie zeigt auf den Zettel.

»Eddy, ich kann doch deine Schrift nicht entziffern!«

»Du brauchst wirklich eine Brille.« Eddy nimmt die etwas steife Haltung an, mit der sie auf dem Klo zu thronen pflegt. »*Osso ossini López est*. Der Ossi ist dem Ossi ein – also *lupus* wär *da* zu human!«

Oktober 1993

50:50

Für Gertrud und Luise Braun

Ich kann nun mal nicht leiden, wenn an Menschen herumgeschnippelt wird. Auch nicht herumgestochen. Ich finde Messer, die in Haut herumschlitzen, zum Würgen, und Nadeln, die sich unter die Haut bohren und womöglich in einer Vene herumstochern, treiben mir augenblicklich jede Kompromißbereitschaft mit den Widersprüchen des menschlichen Daseins auf Erden aus. Wenn sich dann noch eine fette Kanüle violett vollpumpt, bin ich nie mit angeborener Sanftmut zur Welt gekommen. Ich hab mal, vor Jahren, auf einem Krankenhausflur einen Mann beobachtet, wie er minutenlang auf einen Rollwagen mit lauter Blutproben gestarrt hat. Schließlich kam die Schwester mit der nächsten Kanüle aus einem Zimmer, und er hat gestammelt: »Was äh was *machen* Sie mit dem äh ganzen äh Blut – ich meine äh – *trinken* Sie das?«

Irgendwas ist da dran. Transsylvanien läßt grüßen. Die Mauer ist ja schließlich auch weg. Hat auch keiner mit gerechnet. Mein Blut kriegen sie jedenfalls nicht. Und andere Spritzen brauch ich nicht. Ich hab trainiert, Schmerzen auszuhalten. Jeden Monat. Jahrelang. Ich bin stärker als sie. Ich hab eine komplette Zahnwurzelbehandlung ohne Betäubung geschafft. Meine Weisheitszähne stehen alle da, wo sie hingehören. Auch die Menstruationsschmerzen haben irgendwann resigniert. Geschlitze und Gestochere wünsche ich jedenfalls niemandem. Nicht mal Holger Pankfütz.

Insofern war es logisch, daß ich auf die Pistole gekommen bin. Eine Zeit lang hatte ich ernsthaft erwogen, mich auf die elektronische Störung von Herzschrittmachern zu spezialisieren. Aber dieser ganze Digitalkram ist nicht meine Welt. Außerdem sind Pfuscher heutzutage erstens überall und zweitens immer gesünder. Die arbeiten sich ja eben *nicht* krank. Die rauchen nicht mal mehr genug für die Aufnahmeprüfung im Club der Herzschrittmacherträger!

Dann hab ich an Gift gedacht. Aber Gift ist Käse. An Gift klebt erstens immer noch das Etikett »typisch weiblich«. Das ist zwar auch Blödsinn, aber es turnen einfach zu viele vergiftete Pralinéschachteln in der Weltgeschichte herum. Überhaupt zu viele Schachteln, die dem unholden Gatten das Löffelchen Arsen in den morgendlichen Porridge manschen. Fiction ist nun mal leider manchmal stärker als Fakten. Und wieso sollte ich ausgerechnet an *der* Stelle die Hausfrau geben, die ich sonst auch nicht bin! Zweitens ist Gift zu schwer zu beschaffen. Jedenfalls die Sorte, die sauber, gründlich und ermittlungsfest arbeitet. Denn was hat es für einen Sinn, wenn sie einen zwei Tage später in die Plötze verfrachten und man das Leben nach dem Tode dieses und jenes Arschlochs gar nicht mehr genießen kann?

»Das ist ja nun nicht im Sinne des Verstorbenen!« wie meine Mutter zu sagen pflegte. Sie ist auch verstorben. Insofern wäre es politisch korrekter, »im Sinne *der* Verstorbenen« zu sagen.

■

Die Mutter ist der eigentliche Knackpunkt. Holgers Mutter. Seit ich beschlossen habe, daß ich mit ihm den Anfang mache. Holger ist nämlich auch ein Pfuscher.

»Oomaah! Ewe sterw'isch –«.

Das ist sie wieder. Direkt hinter der Wand links von dem Tisch mit Rechnungsblock und Kasse, an dem ich sitze und Preisschilder an die Klamotten knipse, die ich vorhin aus der Reinigung geholt habe. Sie haben natürlich wieder die Schulterpolster verkrumpelt und die Bügelfalten schief gemacht. Neulich sollten sie mir eine Hose waschen, aber nur mit vierzig Grad. Haben sie aber nicht. Sie haben sie zu heiß gewaschen, die Kenner. Nicht daß die ganze Hose eingelaufen wäre, das wär ja noch gegangen, ich hab auch Kundinnen mit kurzen Beinen. Das Garn an den Nähten war eingelaufen! Die ganze Hose sah aus wie die Wolkenstores an den Reihenhausfenstern in Lichterfelde, wo ich bis zu meinem sechzehnten Lebensjahr wohnen mußte. Aber der kommt auch dran, der Reinigungsschlamper! Und wenn ich dann die gesamte Russenmafia am Hals hab!

»Bin isch jetz dooot?«

Schlimmer können die auch nicht sein. Immer dieselbe Litanei. Entweder sie betet, oder sie stirbt gerade. Den ganzen Tag. Wahrscheinlich auch die ganze Nacht. Das höre ich nicht. Mein Schlafzimmer liegt rechts vom Laden, hinter dem Klo und der Küche.

»Mammele, jetz komm. G'storwe werd speeder, und dei' Oma bin isch auch nit. 'sch bin doch dei' Sohn!« Wahrscheinlich praktiziert er ihr wieder Quark mit Eigelb in den Mund. Das macht er jeden Mittag um halb eins. Früher hat er ihr Schrippen geschmiert, aber das hat er aufgegeben. Einmal hat sie sich verschluckt und ihm die obere Gebißreihe in den Kaffee gehustet. Das muß ihr aber wohl gefallen haben, denn als sie das nächste Mal ihre renitenten fünf Minuten hatte, hat sie so mit Schmackes in die Schrippe gebissen, daß beide Gebißreihen drinhängengeblieben sind und er ihr das Ganze aus dem Mund reißen mußte, damit sie nicht erstickt.

»Bisch du nit mei' Mudder? Ewe sterw ich. Oomaah!«

»Ich bin der Holger, und du musch' nit sterwe. Du bisch kerng'sund.«

Und das eben ist sein Problem und wird meins werden. Denn Mammele ist nur drei Monate jünger als dieses ganze verpfuschte Jahrhundert und hat bisher jeden geriatrischen Normalfall mit Grandezza weggesteckt. Sie ist beim Mülleimerraustragen vor ihrem Haus in Edenkoben über einen Igel gestolpert und nach fünf Wochen Krankenhaus gesünder als je zuvor gewesen. Die in ihrem Alter eigentlich dazugehörige Lungenembolie mit dem üblichen tödlichen Ausgang hat sie erst genommen, als Holger sie aus der Pfalz weg und nach Berlin geholt hatte, und tödlich ausgegangen ist die auch nicht. Im Gegenteil. Inzwischen lebt sie mit Wasser in Beinen, Lunge und vermutlich Hirn, hat einen Schlaganfall hinter sich und grüßt seitdem nur noch mit links, wenn überhaupt.

»Un' jetz? Was mache mer jetz!«

Beten, Holger. Beten! Und die Macht und die Herrlichkeit. In Ewigkeit. Amen.

O Gott. Ich war nicht mal in den Jahren, für die ich nichts kann, katholisch!

■

Mit der gepflegten Mittvierzigerin fegt eine Schneebö herein. Joseph stellt sich zähnefletschend auf seine drei gleichlangen und das eine etwas kürzere Bein mit der verkrüppelten Pfote. Fahrradunfall. Joseph ist Boxer, und mit den Jahren hat leider auch sein Kopf eine gewisse goebbelshafte Form angenommen. Ein Schwanzkopf, wie Rosetta zu sagen beliebt. Nackt, gestriegelt und in ständiger lauernder Anspannung. Für Rosetta sind alle Hunde männlich, genauso wie alle Katzen weiblich sind. Hunde jagen in Rudeln und verstinken die Bude und kriechen vor ihrer Herrin. Rosetta hält Hunde für die natürlichen Faschisten der

Tierwelt. Streichle sie, und sie beißen dir in die Hand. Prügel sie, und sie lieben dich immerdar. Rosetta treffe ich nur, wo Joseph *nicht* ist. Und *ich* hab eine Katzenallergie. Insofern beschränken wir uns meistens auf Telefonsex.

Die Dame schüttelt sich den Schnee aus der blonden Mähne und packt drei Jeans und ein Paar Stilettos aus, alles schwarz.

»Trauerzeit abgelaufen?« Ich knipse das Schild fest, lege den Pullover beiseite und nehme ihr die Hosen ab.

»Oomaah! Was beede mer jetz!«

Die Dame reißt irritiert den Kopf von Joseph zu der Kleiderstange mit den dicken Mänteln, hinter der Mammele garantiert gleich die Antwort auch selbst gibt.

»Was? Ah – nee! Die hat mein Mann zu kleen jekauft. Man soll Männer ja nicht alleene einkaufen lassen – nagelneu! Armani.«

»Paulinchensaßalleinzuhaus / dieeldernwarenbeideaus …«

Mammele nimmt alles, was gebetsmühlenkompatible Versmaße hat.

Ich sehe mir die Etiketten an. Wär nicht die erste Dame, die feine Designerschilder an H&M-Pfusch näht. Und à propos nähen – auch teuerste Designer nähen heute nur noch mit der heißen Nadel.

»Wie – berechnen Sie 'n det überhaupt?«

Die Jeans scheinen echt zu sein.

»… underdoktersitz'dabei / gibtihmbitt'rearzenei / wiegeeds'ndannweider?«

Joseph klappt seine unregelmäßigen Beine unter den Bauch und wirft mir vor dem Schlafen einen beruhigenden Blick zu. Er *ist* kein Faschist! Er liebt mich, und ich hab ihn nie geprügelt. Ich könnte das gar nicht.

»Fifty-fifty, wie's am Laden steht. Was haben die Hosen gekostet?«

»Ach Mammele –: Maria, liebste Mutter mein …«

»Gott – was? Zweehundert? Ick war ja nicht dabei.«

»Okay. Ich versuche, sie für hundert zu verkaufen. Und die Schuhe?« Ich sehe mir Sohlen, Absätze und Fußbett an. »Die hat sich aber nicht auch ihr Mann gekauft?«

»Machthellischkeideewischkeid –«.

Aus der Dame bricht ein so undamenhaft röhrendes Gelächter, daß Joseph ein Auge riskiert und Mammele das »Amen« verschluckt.

»Nei-ein!« keucht sie endlich. »Det war ick. Irgendwie haben die nie gesessen.«

»Oomaah!«

»Geh jetz hör auf, Mammele! Isch bin nit dei' Oma!«

»Ich muß ein arges Lullull!«

Die Dame fängt wieder an zu röhren, winkt mit dem Daumen in Richtung Wand und tippt sich mit dem Zeigefinger an die Stirn.

»Die Nachbarin. Vierundneunzig. Der Sohn ist viel schlimmer. Der ist tödlich. Vierzig Mark, mehr werden die kaum bringen. Okay?«

Sie nickt ungläubig.

Ich schreibe ihr einen Zettel. Drei Jeans, schwarz, Armani, à DM 50, ein Paar Pumps, schwarz, DM 20. »In zwei, drei Wochen können Sie gern anrufen und nachfragen. Ich hab übrigens gerade sehr schöne Mäntel reingekriegt.«

Aber sie schnappt hastig den Kommissionsschein. Manchen Leuten ist Trödeln immer noch peinlich. Sogar hier in Schöneberg. Das war früher anders. Jetzt wohnen hier lauter Lehrer und Sozialarbeiter. Leider. Alles Beamtenärsche. Immer überlastet, aber gut gepolstert bis ins Grab. Und immer politisch korrekt. Nach außen Sack und Asche und ja kein Trinkgeld im Frühstückscafé, denn Sarajevo friert und hungert. In Wirklichkeit haben sie vor nichts *mehr* Schiß, als selber arm zu sein. Was heißt arm! 'n paar Mark weniger, und schon können die sich keine Kleiderspenden mehr leisten, sondern tragen ihren Schrott in die Second-

Hand-Boutique und erzählen was von irgendeiner Kusine, die arbeitslos geworden ist ... Da ist mir die Dame, die heimlich Männes Sachen vertickt, um sich ein paar schöne Stunden außerhalb des gemeinsamen Kontos zu machen, entschieden lieber!

Mammele und Holger scheinen wirklich auf dem Klo zu sein. Und Joseph schnurrt wie eine Katze, die ins falsche Synchronstudio geraten ist. Ich stecke Zigaretten und Feuerzeug in die Manteltasche und gehe über die Goltzstraße in den besten Döner-Laden im ganzen Berliner Südwesten.

■

Zuerst hatte ich auf Wolf im Schafspelz getippt. Das ist ja nicht normal, daß ein alleinstehender Mann sich dermaßen aufopfernd um seine Mutter kümmert. Erst recht nicht einer aus der Generation. Holger ist über fünfzig! Die sind doch noch mit angeborener Pflegeversicherung zur Welt gekommen! Windpocken oder Weltschmerz, Masern oder Mobbing – die gehen einfach davon aus, daß für jedes Zipperlein ein Mütterlein zur Hand zu sein hat. Muß ja nicht das eigene sein. Und die können das auch. Die finden immer welche. Das ist ja der eigentliche Skandal! Der Mann als lebenslänglicher Pflegefall ist ja nicht mal in der übernächsten Generation Frauen ganz aus der Mode gekommen!

Wenn ich die sehe, diese Lolitas von heute! Gott sei Dank ist Winter, aber in ein paar Monaten sitzen die wieder in jedem Café auf der Straße Parade und schmachten irgendwelche blasierten Jünglinge an. Oder etwas ältere, die sehen alle aus wie Rudi Völler, und falls die überhaupt das Maul aufmachen, kommt immer als erstes »ja gut, ich mein ...«. Egal, ob die jemand nach der Uhrzeit fragt oder der kleine Schmachtfetzen angeboten hat, dem Angeschmachteten noch ein Gläschen Sekt zu ordern.

Allein diese Blicke! Wie die frühe Lady Di. Immer von

unten nach oben. Der ewige Backfisch. Zeig der Welt, daß ich dich gekriegt hab, und ich räum dir dein Zimmer auf, damit deine Mama dich auch toll findet. Und später gehst du hinaus ins gefährliche Leben, und ich verdien uns was dazu und schmeiß dir Kinder und Haushalt! Ihhh! Der *Haushalt* ist der *gefährlichste* Arbeitsplatz überhaupt. Meine Mutter ist darin umgekommen. Im Frühjahr 1979, als unbedingt mal wieder die Fenster geputzt werden mußten. Mit der Leiter gekippt und mit dem Kopf auf die Brotmaschine. Ich hab's meinem Vater immer gesagt: Sei schlau, paß auf deine Frau. Sonst stehst du irgendwann alleine da. Haushalt ist nix für Frauen. Und dann *war* Mutti eine von neuntausend, die in dem Jahr in der Bundesrepublik im Haushalt tödlich verunglückt sind. Nur die Verkehrstotenstatistik ist noch höher.

Wenn man ausrechnen könnte, wie viele Herzinfarkte, Depressionen und Selbstmorde durch Pfusch verursacht werden. Ich meine, durch den ständigen Ärger über das Geschlampe und Gepfusche. Kommt ja auf'n Pfund nicht an, nicht? Hauptsache, das Gewicht stimmt. Bei der Post verschwinden täglich ganze Säcke voll. Und dann kriegt man plötzlich irgendeine dritte Mahnung für irgendeine Rechnung, die man vorher gar nicht bezahlen konnte, weil sie nicht angekommen ist. Aber Mahngebühren! In Rosettas WG am Olivaer Platz sind alle beim Finanzamt Charlottenburg-Ost, bloß Rosetta nicht. Die haben sie wer weiß wieso in Wilmersdorf am Wickel. Aber neulich hat eine von ihren Mitbewohnerinnen einen Anruf aus Wilmersdorf gekriegt – da kämen immer Teile von ihren Steuerunterlagen an, obwohl sie doch in Charlottenburg bearbeitet wird, und sie hätten doch in Wilmersdorf nicht mal die Steuernummer. Pfusch, wo man geht und steht. Es gibt doch kaum noch einen Laden, in dem sich das Personal mit der Ware auskennt! An Bankschaltern sitzen mit Sicherheit Leute, die nichts widerlicher finden als Publikumsverkehr. Im Supermarkt hat garantiert nur eine Kasse auf, wenn's voll ist, und an der quält sich garantiert ein Idiot, der von Kassieren keine Ahnung hat und die Entdeckung seiner eigenen Langsamkeit für die Erlösung der Menschheit vom Streß und sich für'n New-Age-Avantgardisten hält. Die leben alle nach dem Motto: »Vorsicht, Kunde droht mit Umsatz!« Wahlweise »Arbeit«. Das wandelnde Unlustprinzip. Sollen sie doch zu Hause bleiben und die Arbeitsplätze denen überlassen, die ausgeschlafen genug sind zu kapieren, daß nur gut gemachte Arbeit menschenfreundlich ist, erstens für sie selber und zweitens für die Kunden. Geht nämlich auch schneller, wenn man nicht alles dreimal machen muß.

Arbeit an sich ist schon scheußlich genug. Ist doch völlig unvernünftig, die auch noch zu verlängern. Mein Vater war auch so einer. Kaum war er dann alleine. Statt zu lernen, wie man eine Wohnung schnell und gut putzt – nee! Da hat er sie lieber so versyphen lassen, daß er jedesmal, wenn er seinen Geburtstag feiern mußte, tagelang zu tun hatte. Bloß Kochen war nicht unter seiner Würde. Aber unter aller Sau. Und dann hat er den Dampftopf entdeckt. Ich hab ja den Verdacht, daß Mutti den doch irgendwie präpariert hatte. Oder vielleicht konnte sie einfach als einzige damit umgehen. So wie man mit den ausgelatschten Bremsen im eigenen Auto selber hervorragend klarkommt, aber wehe, jemand anders fährt damit! Aber wahrscheinlich hat er einfach wieder gepfuscht. Was sind schon die Gesetze der Physik gegen die Gesetze der Schlamperei. Jedenfalls ist ihm das Ding nicht bloß um die Ohren geflogen, hat die KriPo damals ermittelt, sondern von der Druckwelle so gegen die Wand mit der freiliegenden Gasleitung geschleudert worden, daß die gerissen ist. Das Ende vom Lied – das ganze Haus ist abgebrannt mitsamt ihm und der Untermieterin im oberen Stock.

Männer können eben nicht allein sein. Nicht mal im Tod. Holger genauso. Von wegen Wolf im Schafspelz.

»'ne Seele von Schaf«, hätte meine Mutter gesagt. Wahlweise »'n Kerl wie'n Pfund Wurscht«. Sah ja zuerst auch alles ganz erstaunlich aus. Ein alleinstehender Mann, der seine Mutter zu sich holt und pflegt. Und die ist so pflegebedürftig, daß er gar nicht anders kann, als alleinstehen. Zeit *ihres* Lebens jedenfalls. Inzwischen weiß ich ja, wenn die mal ernst macht mit ihrem »ewe sterw isch«, dann sieht er alt aus. Dann ist nämlich sein Alibi hin. Einmal haben sie ihm ja schon an der Hacke geklebt. Reine Routine, haben sie gesagt. War auch KriPo, aber so 'ne Extratruppe. Kommen immer als erste, wenn irgendwo jemand unnatürlich gestorben sein könnte. Sofortbearbeitung, genau. Zwei Leute waren das, höchstens Ende Zwanzig. Und sauber quotiert, ein Mann, eine Frau und Ossi-Wessi. Sie war aus dem Osten, wie hieß die denn noch –? Er hieß Deutschle, das weiß ich. Mehmet Deutschle. Hat einen Ausweis gezeigt. Er war auch fifty-fifty, halb türkisch, halb deutsch. Aber ausgesehen hat er, ich hab sofort Pfützchen auf die Zunge gekriegt, richtig Jieper auf einen Döner von gegenüber. Aber es war ja kurz vor Mitternacht. Ich saß über der Buchhaltung und hab's klingeln gehört nebenan. Sie haben erst mit dem Zivi geredet, der auf Mammele aufpaßt, wenn Holger Dienst hat. Ich war einfach neugierig. Wann hat man schon mal die KriPo im Haus! Außer im Fernsehen. Außerdem hat mir die Frau gefallen. Ich hab gesagt, daß Holger gleich da sein muß, weil der immer sofort nach der Schicht nach Hause kommt. Der Zivi kostet ja Geld, und Holger ist doch selber Pfleger.

»Eben«, hat die Frau zu mir gesagt, »deswegen sind wir hier. Seine Mutter pflegt der ooch?«

»Und wie!« Die Frau sah wirklich lecker aus. »Mit einer Engelsgeduld – ich wär schon durchgedreht.«

Angeblich wollten sie von Holger nur wissen, ob ihm an irgendeinem Patienten etwas aufgefallen war und was der für Medikamente gekriegt hatte. Der war nämlich plötzlich tot gewesen. Aber das hat erst jemand gemerkt, als Holger schon Schichtende hatte. Der macht ja nur noch halbe Schichten wegen Mammele.

Er war total nervös, als er die Polizei gesehen hat. Er hat dem Zivi zehn Mark zuviel gegeben, das hab ich genau gesehen. Ich bin einfach mitgegangen in die Wohnung. Ich hab mir endlich mal Mammele angekuckt. Winzig klein und ganz dünn, aber schnieke. Tipptopp frisiert, gepflegte lange schmale Hände, schickes Kleid. Sie mußte natürlich wieder unbedingt aufs Klo. Dann hat sie auf dem Sessel Platz genommen, jede Frage von den KriPo-Leuten mit einem schmetternden »Bisch du mei' Mudder?« vervollständigt und jede Antwort von Holger mit einem Gebetsfetzen aus dem Struwwelpeter unterfüttert.

»Wann haben Sie ihn denn zuletzt *lebend* gesehen, Herr Pankfütz? Ich meine, ein Patient *stirbt* doch nicht einfach so mal eben!« Deutschles Nerven waren auch schon ein bißchen fadenscheinig.

»Isch muß ein Lullull!«

»Nein, Mammele, musch du nit! Du warsch grad. Vor der Tagesschau auf jeden Fall. Denn da haben wir noch im Schwesternzimmer gesessen und darüber gesprochen, wie gut der Mann sich von der Operation erholt hat.«

»Isch muß ein *arges* Lullull! Oomaah!«

»Das sagen sie alle«, fuhr die Frau dazwischen, »also wie erklären Sie sich denn dann –«.

»Oomaah! Isch muß ein *arges Lullullull!*«

»Mammele, jetz hör auf!«

»Sind Sie nicht später noch mal im Zimmer gewesen?«

»Nein –«.

»Aber er soll doch geklingelt haben.«

»Wer sin dann Sie-ie? Sin' *Sie* mei' Mudder? Isch muß ein arges Lullull, 'sch kann's *nimmer* halde!«

»Ja – nein, also. Er hat geklingelt, ja, aber – Mammele, du warsch' grad ewe. Jetz i'Schluß!«

Aber Mammele hatte sich schon aus dem Sessel gestemmt und kam, wild den linken Arm schwenkend, auf ihn zu. »Du willsch' mei' Mudder sein? Du bisch' e wüschde Rawemudder! Wa'schaffsch' dir Kinner an, wannsch kei' Kinner magsch'!«

Deutschle und Kollegin warfen sich einen halb genervten, halb fragenden Blick zu, während Holger mit Mammele auf dem Klo verschwand.

»Ich konnte nicht gleich zu ihm, wir hatten eine Menge zu tun heute.« Holger wirkte aufgeräumter nach den Minuten ohne die KriPo. »Und als ich endlich zu ihm bin, da hat er schon geschlafen.«

»Haben Sie das gesehen –«, fing die Frau an.

»– oder sehen *wollen*?« vollendete Deutschle.

Holger antwortete mit einem giftigen Blick und Gemurmel über Routine und kein Grund für Zweifel. Und mir wurde schlagartig klar, wieso Holger Pankfütz mit seinem halben Job im öffentlichen Dienst ein teures Auto fuhr und keine Second-Hand-Klamotten trug und daß noch nie ein Mann so auf eine Frau aufgepaßt hatte wie er auf Mammele – erstens. Und zweitens – daß er wirklich ein Schaf war. Ein Schaf im Wolfspelz. Er hat's verpfuscht! Denn von vier solchen mysteriösen Toden im Krankenhaus hatte ich in den letzten Jahren in der Zeitung gelesen. Und das heißt, es war Schlamperei. Wirklich gute Arbeit fällt nicht auf. Perfektion ist unsichtbar. Ein perfektes Verbrechen ist kein Verbrechen. Ein Verbrechen ist erst dann ein Verbrechen, wenn es Fragen hinterläßt. Wenn darüber gesprochen wird. Was in der Zeitung steht, ist schon Pfusch.

■

Das passiert mir nicht. Meine Sachen kommen nicht in die Presse.

»Ja – war wunderbar, wie immer.«

Nuri steckt das Kompliment lächelnd weg, wie immer. Und fragt, ob er mir wieder Hackfleischreste einpacken soll. »Fürüjussuf.«

»Gern! Und eine Pide, bitte.«

Und bei mir wird es auch nie einen Komplizen geben, geht mir durch den Kopf, während Nuris Frau eine frische Pide aus der Küche holt und ich zahle. Nicht mal Rosetta weiß, wofür sie mir die Pistole besorgt hat. Und schon gar nicht Willy, der Schlagzeuger. Mein Hauptabnehmer für Damen-Jeans. Der hat sich auch systematisch aus Lichterfelde herausgearbeitet. Das Schlagzeug hat seine Eltern schließlich überzeugt. Den Krach wollten sie nicht hören. Also hat sich Willys Vater in seiner Hausverwaltungsfirma umgekuckt und ist fündig geworden – zwei Zimmer, Küche, Kachelofen, Klo auf halber Treppe, aber der ganze Keller ausgebaut und schallgedämpft, weil da vorher ein biologisch korrekter Kleinbetrieb für selbstgebaute Hochbetten drin war und die Nachbarn solange gegen das Gesäge protestiert hatten, bis die Wände meterdick verkleidet waren. Möchte wetten, daß da jede Menge Asbest drinhängt. Jedenfalls waren die pleite gegangen, weil sie den Futon & Flach-Trend verpennt hatten, und Willy hatte seine eigene Wohnung und seinen Übungsraum für dreihundert und 'n paar Zerquetschte. So gesehen hat Pfusch manchmal auch Vorteile. Mit dem Raum macht er ziemlich Kohle inzwischen. Übungsräume für Bands mitten in der Stadt – das ist eine Goldader. Von mir hat er nichts haben wollen. Ich bin auch immer spät nachts rein und hab geübt. Wenn diese jungen Menschen zu Hause sein müssen und von ihrer bahnbrechenden neuen Band bloß träumen können. Ich hab auch die Löcher jedesmal sorgfältig verschmiert. Und gelauscht hat Willy nicht. Erstens, sagt er, weiß er genau, was ich meine von wegen die allerersten Schläge und wenn das jemand hört, wie peinlich .... War bei ihm auch so damals. Und zweitens, sagt er, ist er froh, wenn er was *nicht* hören muß. Er ist ja dauernd auf Musik. Ich glaube ja, der hat schon einen Gehörschaden. Vielleicht ist er deswegen so zierlich. Jedenfalls *hat* er die Schüsse nicht gehört. Ich hab ihn natürlich getestet.

Rosetta wollte auch lieber nicht mit, obwohl Joseph nicht im Übungsraum war. Die kommt im Traum nicht auf die Idee, ich brauch ihre Knarre für irgendwas anderes als Einbrecher. Ist ihr viel zu unkätz – »eh du Arschloch«!

Brettert der einfach die Goltzstraße lang, wenn ich über die Straße will! Dieser beschissene bematschte Suzuki-Bulli! Was hat der da drauf stehen? *E morto Rosario – re della pizza: PREGATE!* »Von Egon, du Dreckschleuder! Ich *bete* nicht! Wo hast du überhaupt deine Pappe her! Auf dem Gemüsegroßmarkt gekauft – was!«

■

Joseph macht halsbrecherische Balancen auf seinen zwei unegalen Hinterbeinen, während er mit den Vorderpfoten an mir herumnestelt und mir mit seiner Riesenzunge den Schneematsch vom Ärmel leckt. Ich gebe ihm Nuris Hackfleisch und gehe in die Küche, um den Straßenbelag von der Pide zu spülen. Dieses Miststück! Wenn ich was zu sagen hätte in dieser Republik, dann gäb's Führerscheine nur für Leute, die eine wochenlange Prüfung machen und alle halbe Jahre wieder zum Charaktertest gehen! Für Fahrräder auch! Armer Joseph.

Und Ärzte müßten ihr halbes Leben geprüft werden, bevor sie auf die Menschheit losgelassen werden! Ein einziges Mal durften die an mir herumschnippeln – da konnte ich noch nichts dazu –, da war ich noch zu klein und meine Mutter stärker. Und was habe ich heute da, wo vorher irgendein blöder kleiner Knubbel war! Eine Kassennarbe! Krakelig, auseinandergegangen und ohne jedes Haar. Fällt natürlich auf. Ich hab ja sonst sehr schöne Haare auf den Beinen.

Ich finde keine Hose, die mir gefällt, im Schlafzimmer. Ich könnte eine von den drei neuen schwarzen Jeans probieren – die Dame hatte doch ungefähr meine Figur, und die kleinste war sie auch nicht. Ich meine, nicht einsachtzig, wie ich, aber –.

»Du bist verrückt mein Kind / du mußt nach –«.

Das gibt's nicht! Wer singt denn da? Das ist doch nicht Holger! Ich renne zu der Kleiderstange mit den dicken Mänteln, aber der Tisch steht im Wege, und die Kante haut mir genau in die Kassennarbe, und Joseph läßt von seinem Pappteller mit dem Hackfleischaroma ab und leckt mir die Wunde – der ist doch kein Faschist – Scheißnarbe – typische Stümperei – aber die kommen alle dran – von wegen, laß dir die doch korrigieren! Ich? Wieso! Was soll *ich* eigentlich korrigieren lassen! Bloß weil Ihnen *meine* Narbe nicht gefällt? Gucken Sie doch Ihresgleichen an – Schmisse über Schmisse! Und mitten im Gesicht, wo man's immer sieht! Bei mir sieht man's bloß im Sommer – wenn ich keine Strümpfe –.

»– wo die Verrückten –«.

»Oomaah!«

»– sind / da gehörste hiiin!«

»Hab isch was g'schtohle?«

– wenn ich keine Strümpfe anhabe! Ja, und die Haare sieht man dann auch!

»Komm, Mammele, sing mit: Du bist verrückt mein Kind –«.

»Hab isch jemand umgebrocht?«

»– du mußt nach Berliiin –«.

Ist das *mein* Problem, wenn die Kerle alle zu klein sind für eine große Frau? Und Haare nur auf Dackelbeinen à la Tante Käthe toll finden!

»War isch wüschd zu jemand?«

»– wo die Verrückten sind, da gehörst du – nein, Mammele, warsch du nit! Komm, faß der Andreas auch aa –«.

»Nei-ein? Un warum darf'sch dann nit sterwe?«

Andreas? Anfassen? Von den Zivis, die ich kenne, tanzt keiner mit Mammele Polka. Und Andreas hieß bisher auch noch keiner.

»– du bist verrückt mein Kind! Komm, Mammele –«.

»Bisch du mei' Mudder? Ewe sterw ' isch.«

Was machen die denn mir der? Das muß der Komplize sein! Haben die wieder einen –?

»Gud' Nacht. Und vielen Dank für alles.«

Feiern die das jetzt etwa schon mitten am Tag! Bloß weil Holger mir die ganze Geschichte erzählt hat? Ich sollte ja sogar einsteigen in das Geschäft! Mit zwei Pfuschern. Nähä – das fehlt noch. Aber jetzt ist er dran.

»Oomaah? Wo begraabsch'n du misch dann?«

■

Wo ist die Pistole. Wieso geht die verdammte Hose nicht zu. Joseph, mein Engel, geh mal aus dem Weg, ich muß schnell ins Klo, ja da, da liegt sie noch. Sehr schön. In dem Schuhkarton mit den Binden und der Watte. Kommt kein Mensch im Traum drauf, da nachzukucken. Ich meine, falls mal irgendein blöder Zufall –. Ich hab an alles gedacht. Ich denke immer an alles. Vorher. Und nachher auch. Jetzt ist er dran. Man müßte wirklich mal ausrechnen, was Pfusch und Schlamperei so kosten. Also erstens überhaupt. Und zweitens natürlich die ganzen Folgekosten. Die ganzen Leute, die krank werden, weil die Häuser feucht sind. Oder mit Gift hochgezogen. Die bauen ja auch Autos extra so, daß die irgendwann kaputtgehen *müssen*. Reines Profitdenken. Strumpfhosen genauso. Irgendwer profitiert dann von dem Pfusch. Auch noch! Wieso klebt denn die verdammte Hose jetzt an der verdammten Narbe fest! Ich kann doch jetzt nicht auch noch die verdammte Wunde verbinden. Ich muß doch nachdenken. »Joseph, das ist wirklich lieb, aber es tut nicht weh. Du mußt mir nicht das Blut von der Jeans –«.

Ich meine, die Polizei ja auch. Die Polizei profitiert natürlich enorm von dem ganzen Pfusch. So gesehen, also im Grunde genommen. Ich meine, letzten Endes können die ja nur was werden, weil gepfuscht wird! An sich paradox – da beißt sich doch die Katze in den Schwanz – die müssen ja direkt draufhinarbeiten, daß gestümpert und geschlampt wird! Aber dieser ganze Pfusch ist doch geradezu kriminell, und Kriminalität sollen sie doch gerade bekämpfen – also ich meine, das wird doch immer schlimmer – gerade hier – die ganze Stadt – ich meine – also – ein Labyrinth! Von Pfusch! Sodom und Camorra! Da findet doch keiner mit'm Degen durch, wie Mutti immer gesagt hat. Wenn ich mein Zimmer aufräumen sollte.

Die Mutter ist das Problem. Käse! Meins nicht. Seins. Ich meine. Man *könnte* es natürlich alles ganz anders einfädeln … Man müßte gar nicht die Pistole nehmen. Jedenfalls nicht bei Holger Pankfütz und seinem Tanzbär da. Man könnte einfach Fragen stellen. Man könnte drüber sprechen – wo hab ich denn die Karte von diesem Soforttrupp – Mehmet Deutschle – nee – die Frau – wie heißt die eigentlich –.

Und wenn die dann auch pfuschen?

Ich meine, andrerseits hätte Holger das Problem mit Mammele komplett vom Hals, wenn ich ihn erschieße. Und damit käme der eigentlich zu gut weg.

Also, ihm würd ich Pfusch ja gönnen. Aber mir?

April 1994

11+2

Reden. Vielleicht *müßte* man mehr reden. Vielleicht wär dann alles gar nicht so weit – diesem Chirac hat doch bestimmt kein Mensch klar *gesagt,* was das alles nach sich zieht. Sein ganzes albernes Atom-Geteste da. Wie komm ich denn auf *den* jetzt! *So* Leute reden sowieso zuviel. »Hm, Ponto? Was sagst du?« Ja, du kuckst. Legst das Köpfchen schräg, rollst die Augen und kuckst. Bist genau so ein Großer Schweiger. Gerade mal ein Korr-Kurr. Ein Blaf. Wenn's sein muß. Wir sind alle beide auf den Mund gefallen, »hm?« Nur daß man's deinem Mopsschnäuzchen schon von weitem ansieht, während *ich* – och doch. Alles noch ganz straff. Jugendlich. Und ebenmäßig. Nichts zu groß und nichts zu klein, nichts mopsig und nichts hager. Alles ganz ideal proportioniert. Unauffällig, jaja. Ich wär der ideale Bankräuber. Oder Attentäter. Ich brauch nicht mal eine Maske. Mich könnte kein Mensch brauchbar beschreiben. Schon die Haare nicht – Himmel! Wie find ich denn bloß Moni wieder? Irgendwie kurz und schlicht und mitteleuropäisch. Wie der Teint. Nicht ganz blond und nicht ganz braun. Grau auch nicht. Die würden sich alle schon im Alter verschätzen. Kurze Haare machen ja jünger. Auf zweiundfünfzig käm kein Mensch. Fast.

Ahnt ja auch kein Mensch, daß *du* bei uns für Falten zuständig, »was, Ponto? Jajaja.« Fressen tust du jetzt für zwei. Schlafen auch. Gleich mach ich dir die Dose auf. Aber ab übermorgen schlafen wir alle beide, bis wir nicht mehr liegen können. Fenster zu, Jalousien runter, Ohropax, und du kommst unter die Decke. »Nein, Ponto, es gibt heut nichts Frisches vom Schlachter, vielleicht morgen.« Morgen fahren wir ins KaDeWe und decken uns endlich mal wieder fürs Wochenende ein. Und du bleibst bei deiner Freundin Eta.

Da gehst du gern hin, »hm?« Ja, die Frau Hoffmann ist uns noch geblieben. Die einzige. Ein Glück. *Eta's Großstadt-Pflanzen.* Auf dem Wittenbergplatz. Mit der Anwaltspraxis hat's nicht geklappt. Aber immer die schönsten Blumen jetzt. Ahhh, was freu ich mich *da*drauf! Aber vorher müssen wir schnell in die Invalidenstraße. Ganz kurz, selbst wenn da wieder ein zermanschter junger Mann auf dem Tisch liegt – diese Woche waren's fünf. Alle keine dreißig. Alle kaum zu erkennen. Weil Baufirmen die sichere Verankerung von Gerüsten ja heutzutage für Luxus halten. Unbezahlbar. So jammern die dann. Bauleiter. Stehen im Kühlraum neben den Tragen mit den zerquetschten und zerfetzten Überresten ihrer Arbeiter, damit die identifiziert und Angehörige benachrichtigt werden können, und schwallen einem die Ohren voll. Wie ungerecht die Welt ist und wo sie jetzt Ersatz herkriegen und daß die da den ganzen Bauplan durcheinander – diese fünf armen Haufen Fleisch, Blut und Knochen! Als hätten die sich mutwillig vom Gerüst erschlagen lassen! Sowas reden die. Mit der KriPo auch.

Möcht mal wissen, wie viele *da* schon Zementschuhe angekriegt haben und versenkt worden sind. *Es war einmal in Berlin. Da* sollten die mal ihre Paten suchen, auf Baustellen. Da haben sie ihre Hauptstadt des Verbrechens. Politiker, elende. »So, Ponto, hmmmh – ja?«

Die Welt *ist* ungerecht. Was denn sonst? Sonst hätten sich die Stahlrohre und Holzplanken überm Bauwagen gelöst und die verantwortlichen Lumpen unter sich begraben. Mit der ganzen Wucht von Gewicht mal zehn Meter! Und irgendwer hätte sofort Zement über den ganzen Schlamassel gekippt. Möcht mal wissen, wer da sowieso schon alles mit einbetoniert worden ist. Als Fundament für den nächsten Glaspalast. Quadratkilometer Büroflächen. Stehen sowieso leer hinterher. Steril wie ein Sektionsraum. Bevölkert von Toten. Die Welt *ist* ungerecht. Und das Schicksal ein Arschloch!

»Was, Ponto? Nh-nh-nh.« Nichts Blaf. Es gibt heut Dose oder Fasten. Täte dir auch nicht schlecht. So fett, faul und gefräßig muß man auch als Mops nicht sein. *Ich* hab eine Woche Bereitschaft mit zwei Tötungsdelikten und eine Woche Arbeitsunfälle hinter mir, ein fettes Schlafdefizit, das heulende Elend und abwechselnd Pickel wie ein Backfisch, zuviel Magensäure, Migräneattacken und fliegende Hitze. Ich hab Dreckophobie im Vollbild, und meine Verdauung erscheint allenfalls im Weichbild, seit die uns hier eingerüstet und mit Planen zugehängt und die Heizung rausgerissen haben. Ich lebe *auch* auf der Baustelle, und manchmal bin ich richtig neidisch auf unsern kleinen Kreisler. Der muß das alles nicht mehr erleben. »Ach, Ponto.« Wenigstens müssen *wir* auch nicht mehr zum Pudelfriseur. Aber *ich* muß zum Friseur! Ganz dringend. Und Moni ist weg, und kein Mensch sagt mir wohin! »Jaja, korr-kurr du nur.« Putzen kann ich ja selber. Bin ja *auch* eine gelernte Frau. Aber – »nein, Ponto!« Ich hatte vorhin keinen Nerv mehr, mich auch noch in die Schlange zu stellen und zuzukucken, wie der Schlachter mit seinem Beil auf Rippen und Keulen eindrischt, immer haarscharf am Daumen vorbei, und der Azubi die Kalbsschnitzel versäbelt. Du mußt jetzt nicht mit Bau-Mau kommen. *Ich* hatte neulich Brandleichen in Serie und mußte wochenlang auf Kassler verzichten. Und? »Hab *ich* vielleicht so gebellt?«

■

Ein Glück, daß unser kleiner Kreisler – ahh, wo hab ich *die* denn? Könnt ich auch mal wieder hören – hier. Hat Ingeborg mir geschenkt. Ahh – damals, »damals hatte man noch Schallplatten, Ponto.« *Zwei alte Tanten tanzen Tango*. War Ingeborgs Lieblingsstück. Haben wir immer gesungen. Da waren wir beide noch jung. Sie siebenunddreißig und ich noch dreiundzwanzig. Bonnies Ranch 1967. Mein Praktikum. Da wollte ich noch Analytikerin werden. Geschundene Seelen sezieren. Jetzt sezier ich geschundene Körper. Seit über neunzehn Jahren. Auf Forensik hat mich auch Ingeborg gebracht.

»Hm-hám-hm-hám-hm-tán-zn-Tángo – míttninernácht!« Fabelhaft. Was Ingeborg wohl macht. »Die-bringt-kein-Gréllapfiff-nach-Téllawiff-die-bléibm-wo-sie-sintt!« Obwohl *mir* ja das Taubenvergiften mehr liegt. Nächste Woche ruf ich sie an. Wenn ich ausgeschlafen hab. Und die Bude geputzt. Im Grunde *hat* Iwona ihren Lottoladen genau zum richtigen Zeitpunkt aufgemacht. Bei dem Dreck hätte *die* einen Infarkt gekriegt. Hat ja auch keinen Sinn zu putzen, bevor die endgültig raus sind aus der Wohnung, die Unholde. Und Putzen *ist* keine Lebensperspektive für eine intelligente Frau im besten Alter. »Komm hopp, aufs Sofa, Ponto – hm-hám-hm-hám-hm …«. Aber ich kann mir doch nicht die *Haare* selber schneiden.

Das klebt wie Mehltau auf allem. Staub. Sand. Putz. Und diese ekelhaften Zementhäufchen überall. Das rieselt und rieselt. Überall Löcher. In Decken und Böden und Wänden. Die mit ihren Probebohrungen. Zu blöd, mit Altbauplänen klarzukommen. Aber neue Heizstränge legen. Die haben hier rumgestochert wie Marilyn Monroe ohne Brille. Sieben Wochen ist das jetzt her. Dreimal mußte ich den Dienst tauschen, zweimal haben die den Termin platzen lassen. Und dann sind hier fünf Mann rumgetrampelt, als wär das ihr Vereinslokal. Tagelang. Der Teppichboden war völlig versaut – da! Ja-ah! Da *ist* es.

»Da-da-hám-hh-hm-hám-hh-him-Park –«.

Ich hab *gebetet*, daß die auf eine unbekannte Starkstromleitung stoßen mit ihren Bohrern. Nicht bloß auf Stahlträger oder morsches Holz. »Was, Ponto? Hah! Genau: Die Má-li-die-záhlts-Zyang-ká-li …«. Warum *das* nicht Ingeborgs Hit war. 's Hospitali, das zahlt's Lethinali – hab *lange* reden müssen, bis sie die Geschichte erzählt hat.

Reden. Mit den Baustrolchen hab ich mir den Mund fusselig geredet! »Und, Ponto? Hat's vielleicht genützt?« Gegen sowas ist man machtlos. Als wär man gar nicht *da*. Du hast dich ja gleich in den Schrank verzogen, du kleiner Hasenfuß. Kreisler hätte das nicht gemacht. Der hat sich keine Männerwade entgehen lassen. »Ach, Ponto. Nun kuck doch nicht so. Pudel sind eben anders.« Er war ja auch schon ganz schwach und krank, bevor der Bau-Terror hier richtig losging. Was hat *der* für ein Glück gehabt. Damit fing ja alles an –.

Vollkommen machtlos. Die hören ja nicht mal *zu*. Markieren den dicken Max und reden Stuß. Und wenn man sie anbrüllt, ducken sie sich weg wie kleine Schuljungs. Und immer ist jemand anders schuld, der immer zufällig gerade *nicht* da ist.

Reden. Reden. Wozu denn wohl! Im Frisiersalon das junge Gemüse plappert auch bloß dummes Zeug. Hättättätt und Schnättättätt. Kein Mensch sagt mir, *wo* Moni hin ist. Ich war da *Stamm*kundin! Seit elf Jahren! Ich kann doch nicht dauernd neue Leibfriseusen anlernen!

■

Reden. Reden. Reden. Mit wem denn wohl! Mit den Leichen vielleicht? »Bleib schön liegen, Ponto, ich will nur das Stück noch*mal* –«. Leichen reden von ganz allein. Erzählen viel. Auch *wer* sie auf dem Gewissen hat. Da muß man einfach zuhören können. Also, hinkucken. Eine Brandleiche, die Stiche im Rücken und mit dem Fleisch verpappte verkohlte Kordelreste aufweist, hat sich ja nicht selber einen Benzinkanister übergekippt. Und vorher womöglich noch FREIHEIT FÜR MURUROA! geschrien.

Schatz, das Wetter ist wunderschön,
da leid ich's net länger zu Haus.
Heute muß man ins Grüne gehn,
in den bunten Frühling hinaus …

Frühling ist ja nun nicht mehr. Aber Hochsommer im September. Das Wetter ist auch verrückt. Im Juni, als wir *die* Brandleiche hatten, war's lausig kalt. »Ja, Ponto, wir *gehn* gleich raus!« Was trillert denn da? »Ponto, wo –?« Ach, das Telefon! Wer ruft denn hier um acht noch an. Die *wissen* doch, daß ich um neun schlafen muß – wo ist denn das Mistding! Ach, im Flurschrank. Verdammter Bau-Terror. *Alles* schmeißen die einem durcheinander! Um vier aufwachen, damit man wenigstens in Ruhe wachwerden kann. *Ohne* brüllende behaarte Männerbeine vorm Fenster! Mit den Hühnern ins Bett – da kann man sich gar nicht *leisten,* daß irgendwer um elf eine falsche Nummer gewählt hat. Das ist bestimmt auch wieder so ein Irrläufer – »Ingeborg!?«

Eben hab ich noch dran gedacht – das ist ja – *muß* das Kabel sich jetzt mit dem Ärmel verknoten – »verdammt und zugenäht, *weg* da – nein, *du* doch nicht, Ingeborg! Ponto spielt hier verrückt, wir wollten gerade Gassi –«. Warum ruft die denn jetzt an – platzt mir richtig dazwischen – also, dann schleif doch hinterher, du blöder Mantel – im Flur telefonier ich *nicht!* Wer weiß, wer sich vor der Tür rumdrückt. »So, Ingeborg – nein, Ponto, sitz! ---

Nein, *der* ist tot. --- Vor einem halben Jahr, damit fing ja alles --- naja *alles!* Ist ja *alles* aus dem Gleis hier. --- Berlin sowieso. --- Tja, wie: Erst stirbt Kreisler – dreizehn Jahre – nein, ganz friedlich. Dann werden wir hier eingemauert wie Aida – na, Dachausbau! Macht ja jeder heute – ja, subventioniert wird das auch, und wer weiß, was noch alles. --- Drittens sind wir unsere Iwona los – nein, tot nicht: selbständig! – natürlich ist das gut für sie. Aber früher waren die Hunde versorgt und die Bude in Schuß, wenn ich freitags nach Haus gekommen bin – genau! *Was* einem heimlich das Leben ordnet, weiß man erst, wenn's plötzlich weg ist! --- Oh nein, das ist noch lange nicht alles. --- Die einzige, die meinen Haarschnitt kann, ist auch plötzlich verschwunden. Ich lauf seit zwei Monaten mit verkorksten Stratzen durch die Gegend – ich *weiß,* daß du *weißt,* wie wichtig die richtige Frisur – Urlaub? *Du* machst mir vielleicht Spaß! Hab ich *auch* versucht. --- Na, wieder in dieses nette Nest auf Kreta – wieso *wieso nicht!* Das ist *weg!* – Nein, das Nest wohl nicht, der Reiseveranstalter. Drei Jahre fährt man da hin, und plötzlich hat das kein Mensch mehr im Programm. – Ich kann doch nicht auf gut Glück ins Flugzeug steigen! Mit Hund! --- Balkonien? Ist hier dies Jahr nicht, Ingeborg. – Na, weil der Balkon auch weg ist! Wir haben hier ein Gerüst und dicke blaue Planen vor der Nase und sonst gar nichts. – Nee-eh! Sonne geht *da* nicht durch. – Bei offenem Fenster schlafe *ich* schon lange nicht mehr, viel zu gefährlich. – Einbrecher auch, aber ich hatte wenigstens das Oberlicht offen, bis – nein, Steinschlag! Dicke Putzbrocken und Ziegelstücke, mitten ins Zimmer. Nachts. – Och, so eine Plane hatte sich wohl losgerissen, in der sie den ganzen Schamott vom Dach auffangen ---«

Halb neun. Gleich, Ponto. Warum ruft die heute an? Ingeborg. Elf Lethinal. Zwei alte Tanten – tja, das *sind* wir ja nun wohl. Wann haben wir uns eigentlich das *letzte* Mal –

ach was, alte Tanten! Sie klingt doch richtig lebhaft. Heiter. Verrücktes Huhn. War völlig aus dem Ruder damals. Karl-Bonhoeffer-Nervenklinik. Eingeliefert wegen schwerster manisch-depressiver Störungen. Sediert mit hundert Milligramm Pentobarbital pro Tag. Angeblich wegen heftiger manischer Schübe. Ich glaub die Diagnose bis heute nicht, aber ich durfte mich ja nicht reinhängen. Jeden Abend eine Bombe. Lethinal. Elf Gramm auf einmal sind tödlich. »Was denn für Bombenstimmung? Bei uns in Berlin? – Was für Kids denn, Ingeborg! --- Ach, die. Ja, Tausende. – Hirochirac?« Och, Ingeborg, was *redest* du denn! Warum sollen *wir* denn in demonstrierende Schüler *Hoffnung* setzen! Auf *die* hört dieser Atom-Testosteroniker *auch* nicht.

■

Huuf, ist das warm hier oben, Ponto. »Schön sitzen, so.« Wir hätten doch unten bleiben sollen. Oben schaukelt der Bus auch immer so. Nein, wir steigen nicht aus, Ponto. Ich will nur mal – bin am Sitz festgeklebt – in zwei Wochen ist Herbstanfang, aber hier sind tropische Temperaturen – so! Ahh. Die untere Plattform ist *noch* voller – »haaaiiihhh!«

Was *bremst* der denn wie – »Idiot!« Schmeißt den ganzen Bus durcheinander! Ist ja gut, Ponto. Jetzt steht er ja erstmal. Ganz ruhig. Nein, wir sind erst an der Uhlandstraße. Was ist denn da unten *los!* Himmel, was *quasseln* die denn jetzt alle! Wir klemmen bloß im Stau, verdammt nochmal. Da muß man keinen *Wirbel* machen. Ist ja wohl normal für Freitagmittag. *Wir* wären längst wieder *raus* aus dem KaDeWe, wenn diese Bau-Rüpel nicht die Wasserleitung kaputtgemacht hätten, was Ponto? Viereinhalb Stunden Warten, bis man sich wenigstens *kalt* waschen kann! Ich werd noch verrückt in diesem Haus – kuck mal, Ponto, ist *das* komisch: Die Polizeiautos stehen auch im Stau –

wie viele sind denn das! Was ist denn *hier* – was sind denn das da – wie die Ameisen kommen die angekrabbelt – aus allen Ecken und Enden – das ist ja – das sind doch – ach, *das* sind die! Müssen ja Hunderte sein. In *den* paar Augenblicken. Da kommen immer mehr, wo wollen die denn – ahh, klar! Natürlich: Das ist ja das Maison de France da. War da nicht gestern die Demo, von der Ingeborg – vierzehntausend Schüler wie aus dem Nichts – *das* ist ja verrückt! Und per Satellit in alle Welt.' Machen die das jetzt täglich? Schwupp – da kommen immer *mehr* – was steht da? FUCK CHIRAC? Himmel, wer will *den* denn – was machen *die* denn jetzt da! Warum steigen die aus ihren grünweißen Wagen – na, *die* müssen erst schwitzen! Geschieht ihnen recht! Kampfanzug und Helm auf – Schilde schleppen sie auch – sind die verrückt! Was *soll* denn das! »Bleib schön sitzen, Ponto, so.« Gegen *Kinder?* Die haben doch gar nichts in der Hand! Ich seh bloß Pappbecher. Gestern sollen sie ja Eier und Tomaten – aber da muß man doch nicht das Große Grüne Besteck – verdammt nochmal! Lächerliche Rambos – »ganz friedlich, Ponto. Du kommst ja zu deiner Frau Hoffmann. Dauert nur ein bißchen.«

Vielleicht schaffen wir's *hinter*her schnell in die Invalidenstraße. Halb zwei – nein. Bis wir im KaDeWe *sind* – und freitagmittags komm ich da nicht mit einer halben Stunde aus, da quellen die Touristen busweise in die Freßetage – bei Frau Hoffmann kann ich auch nicht mal eben Blumen kaufen und weg. Ich muß mich ja wenigstens mal erkundigen, was *sie* so gemacht hat in den letzten – wieviel? Drei Wochen. Vier? Paßt doch immer so nett auf Ponto auf, solange. Aber ab drei ist kein Mensch mehr im Landesinstitut für gerichtliche und soziale Medizin, es sei denn, die haben *wieder* einen vom Bau – aussteigen wär auch Quatsch. Vier Haltestellen zu Fuß. Durch *das* Getümmel – ach, *das* ist ja interessant! *Da* schicken die die Frauen vor! Natürlich: Diese Schülerinnen sind ja halbnackt bei der

Hitze. Bauchfrei und wippende Brüstchen – ist wohl die Mode heute. Wie bei der Love Parade. *Gift* für so alte Dackel in Uniform. Und für die Jung-Rambos erst. *Das* gäb Schlagzeilen! *Prügel-Polizisten gegen Lolitas.* Das gäb Ärger. Nicht bloß wegen Wahlkampf. Da würd nicht mal die Bild-Zeitung mitspielen. Rummms – na, *fährst* du jetzt weiter, oder sollen wir hier anwachsen! Kuckuckuck – *nur* Polizistinnen an vorderster Front. Titten an Titten mit den kleinen Anti-Atom-Aphroditen. Da sind manche auch nicht viel älter als *die.* Rummms! Na endlich. »Siehst du, Ponto.« Rummms! Himmel, der soll doch auf Autoscooter umschulen! Jetzt hält der schon wieder – an der Haltestelle. Der hätte doch die Leute längst aus- und einsteigen lassen können. Pedant. Sooo – jetzt aber mal vorwärts! »Gleich, Ponto.«

Verrückt, daß Ingeborg ausgerechnet gestern angerufen hat. Ob die immer noch so schön ist? Na – mit fünfundsechzig – obwohl, sie sah ja fabelhaft aus letztes Mal. Das muß 1990 gewesen sein. Gleich nach der Vereinigung. Da kam sie extra nach Berlin: »Jetzt wird aufgeräumt!« Schwarzes Kostüm, schwarzer Topfhut überm Bubikopf. So ein asymmetrischer, links fast bis aufs Kinn gezogen, rechts die wippende spitze rote Strähne. Die Pumps grün wie die kleine Schärpe rund ums Hütchen. Lippen brombeerrot wie die Nägel. So wie *die* da in Tempelhof übers Rollfeld kam, hätte sie mittenmang in die zwanziger Jahre stöckeln können. Perfekt bis in die Zigarettenspitze! Bloß der sonnenbraune Teint war paradox. Aber typisch Ingeborg. Die *lebt* ja vom Paradox, »was, Ponto? Jajaja.« Kuck an, aus dem U-Bahnhof am Kranzlereck strömen die auch klassenweise.

Damals schon. War ja auch paradox, ausgerechnet so ein – ja: *Ur-Weib* mit *der* Diagnose wegzusperren. Ingeborg und aggressiv. Wenn *mir* das jemand attestieren würde – hundertmal mehr würde der finden. Und ich krieg nicht mal mehr richtig das Maul auf. *Mir* hat sie nur von *einer* Sache erzählt, und wir haben *viel* geredet damals. Da hatte sie einen Mittelfußknochen zertrümmert, von so einem Nazi-Richter. Die Sorte: »Karriereknick? Wie *schreibt* man das?« Sie arbeitete bei dem im Geschäftszimmer und hatte das irgendwie spitzgekriegt. Sie hat den ganz blauäugig drauf angesprochen. »Du – der is nichma *rot* jeworn! Der hat bloß anjewidert die Fresse verzohng, mich eiskalt anjegrinst und stehnjelassen«, so hat sie's mir erzählt. Kurz danach konnte sie keinen Schritt mehr gehen, ohne daß irgendso ein auffällig unauffälliger Kerl mitging. Dann hatte sie wohl ein, zwei »Gespräche« mit dem Verfassungsschutz. Und als sie eines Tages mal wieder allein im Zimmer war mit diesem furchtbaren Juristen, hat sie ihn angeschrien: »Wehng Lumpen wie dir hab *ick* ma *beede* Fußjelenke jebrochen. Ick bin aber *nich* inner Bernauer zwee Stock tief gehüppt, um vom SED-Regen inner Nazi-Traufe zu landen!« Und die schwere Triumph vom Tisch gerissen und dem auf die Füße geknallt.

»So, Ponto, komm –«, endlich! Huuf. Zehn vor zwei. »Hopp, jetzt darfst du wieder laufen.« Himmel, die sind ja sogar auf dem Wittenbergplatz mit ihren Transparenten! Ja, Ponto, wir *gehn* ja zuerst auf den Rasen – so. Nun mach schön. Und dann wollen wir ganz schnell zur Frau Hoff – was steht denn da für ein *neuer* Kiosk – wo ist denn – warum müssen die denn nun unbedingt alle *da* rumhampeln mit ihren Hirochirac-Schildern! Man kann ja gar nichts sehen – *was* steht da? *Blini-Express?* »Halt, Ponto, nicht so schnell!« Gleich hängst du mit deiner Leine in dem Kinderwagen – siehste! Verdammt und zugenäht – das *gibt's* doch nicht – wo ist denn *Eta's Großstadt-Pflanzen* – jetzt ist die – »darf *ich* mal, junger Mann!« Mit deinem blöden Ge-Fuck-Chiracke – »die Frau Hoffmann ist –«. *Auch* weg!

Elf Becher Gelbkreuz – auf – auf alle Bomben-Politiker!

■

»... bin stand-by jeflohng, wie immer. Bin ja nich Jackie Onassis. Am Montag, nachdem wir telefoniert hatten, kam der Brief, ick könnte endlich die Akten einsehn. Dienstag bin ick nach Palma jetuckert, paar Freunden uff die Bude jerückt, und heut morng hatt ick den Platz im Fliejer – wat is'n mit dir los? Stör ick –?«

»Nein, Ingeborg.« Stören. Das ganze Leben ist eine Störung. Nicht mal den Hausputz hab ich geschafft. Man darf einfach *nichts* mehr planen. Die schmeißen *alles* durcheinander. Sonnabend-Sonntag wollte ich schlafen-schlafen-schlafen, damit ich Montag-Dienstag in aller Ruhe die Bude putzen – wer kann denn ahnen, daß die plötzlich *sonnabends* aufkreuzen! Ich bin fast aus dem Bett gefallen, als es plötzlich gerumst hat. Ponto hat Durchfall gekriegt, auf der Bettdecke, vor lauter Panik. Die Wände haben gezittert. Die Schlafzimmerdecke hat *krrrtsch* gesagt. Die Fenster aufmachen geht natürlich auch nicht, wenn die da auf dem Gerüst rummarodieren.

»– hab doch sofort anjerufen, jeden Tag hab ick –«.

Montag hatten sie das Hauptverteilerkabel vom Telefon zersägt. Dienstag das vom Fernsehen. Wenn wir Glück haben, kommt morgen die Telekom und Freitag die Fernsehfirma, sagt der Rentner nebenan. Der ist *auch* stundenlang durchs Haus – »Ponto, hör auf zu betteln! Du bist fett genug!«

Das Café hier ist auch eher was für junge Menschen mit Gehörschaden und Stahlnerven – Ingeborg kann sowas ab, das Mittelmeer soll ja insgesamt geräuschvoller – einfach so reinzuplatzen, wenn ich gerade das Klo putze – na, jetzt hat sie den Horror mal gesehen! Ich *bin* kein analer Zwangscharakter! Vom Fußboden essen liegt *mir* auch nicht. Machen meine Knie gar nicht mehr mit. Aber Dreck ist nicht Dreck. Der hier, der – drückt einem einen Stempel auf – ich seh doch schon aus wie der zerbeulte alte Käfer, den ich damals – und Ingeborg wieder – sagenhaft! Wie *macht* die das! Diese Nonchalance. Wenigstens ist es warm hier draußen, viel wärmer als oben in der Wohnung. Die Hauswände haben ja *auch* keine Sonne gesehen.

»Hmm! Tja: Im Sommer is Berlin *immer* noch am schönsten. Altweibersommer –«.

Was redet die denn? Meint die mich? Zwei alte Tanten – essen Kuchen? Altweibersommer. Bestimmt bald lausig kalt. Von heut auf gestern. Und dann haben *die* die Heizung nämlich nicht fertig. Todsicher! Ob sie das Seidensäckchen noch hat?

»Warum biste nich nach Formentera jekommen? 'n Plätzchen für euch beede hätten wa jefunden. Irnkwer fährt immer ma'n paar Wochen zurück inne Staaten, Ufftraje holen, Steuerkram machen, oder ne Ausstellung –«.

Warum nicht. Warum nicht! Warum hab *ich* in dem Alter, in dem du in der Tretmühle geklemmt hast, meine Bohème-Jahre absolviert! Warum springst *du* mit einunddreißig ins Freie und *ich* ins normale Berufsleben. Warum hast *du* mit einundvierzig das Leben begonnen, das ich mit dreiundzwanzig beendet hab! Für dich hat alles angefangen, als du hättest aufhören können. Du bist eben verrückt genug. Du hättest auch hierbleiben können, du hättest gar nicht weiter in den Westen bis nach Amerika und von da in den Süden – dich könnte nicht mal diese Stadt schaffen. Wie mich. Für mich hat alles aufgehört, als – was soll ich dir sagen – mir haben sie – das – Millimeterpapier unterm Fuß – ich geh keinen Schritt mehr ohne – ohne Angst, da macht gleich wieder was *krrrtsch* – der Boden – ich könnte – explodieren – vor Panik und – Wut – und –.

»– wär doch besser jewesen als hier rumschleichen wie'n Tiejer im Zoo. Heh – willste Jammer-Wessi werden! Komm mit mir zu Gaucks, wir kieken nach, wer damals allet probiert hat, mir kaputtzukriehng, und dann jehn wa –«.

Die alle abräumen? Kurz und klein? Ja klar. Tauben vergiften. Und die Mali, die zahlt's – Ingeborg, du verrücktes Huhn. *Deine* Tauben sind das. *Dein* Großreinemachen. *Ich* wär auch bloß *deine* Mali – »Ponto! Aus!« Was wedelt der denn – was hat die denn da aus der Tasche – die *hat* die noch! Nach achtundzwanzig Jahren! In demselben seidenen Beutelchen!

»– und weeßte wat? Wenn wa damit fertig sind, dann juckeln wa im Taxi zum Potsdamer Platz und schmeißen die Pillen hier einzeln in'n Baggersee! Oder inne Zementmischmaschine!«

»Du hast die immer noch? Alle elf?«

»Dreizehn, sweetie. Elf plus zwee, to be on the safe side.«

Safe side. Elf reichen, zwei mehr sind todsicher. »Da ist doch – da muß doch – das Verfallsdatum –?«

»Hähähh! Inge Meysel schleppt Zyankalikapseln mit sich rum – verfallen die ooch? Und? Verfallsdatum, Verfallsdatum! 'ne richtje Idee *hat* keen Verfallsdatum, sweetie-pie.«

■

Viel zu sagen haben wir uns wohl nicht mehr. *Sie* hat eben ihren Rache-Tango allein getanzt. Und ich werde wahrscheinlich bis ans Lebensende bleiben, wo ich bin. Aber Haareschneiden *kann* sie. Fabelhaft. Ich konnte sie doch da nicht in der Pension hocken lassen. Ponto fand's auch fabelhaft. Muß was in ihrem Parfum gewesen sein – oder hat sie ihm *doch* heimlich Kuchen – für ein Eclair vergißt der ja – ich wollt's gar nicht anschneiden. *Sie* hat die meiste Zeit geredet. Sogar mit den Bau-Rüpeln! Die wissen jetzt auch alles über ihre Künstlerkolonie auf Formentera, ihr Faible fürs freie Leben, ihre Familiengeschichte. »Erst ham se mit arisiert, dann mit proletarisiert – die sind uff jehm mainstream mitjeschwommen: Ohm druff als Fettohjen! Ick muß'n Glücksstern jehabt ham, du! Daß ick *da* heile rausjekommen bin!«

Was gibt's da zu reden? »Morgen, David – ja, lausig! – Nee, die Heizung geht noch nicht –«. Glücksstern! Dieser Kollege ist eine Art Glücksstern. Vielleicht. Mit dem kann man noch reden. Aber sonst? Mit wem denn? Mit dem Chef vielleicht? Nach neunzehn Jahren an den Sektionstischen? Über all die Einblutungen und Rupturen und Hauteinreißungen? Fremdinhalte in Mundhöhlen? Zertrümmerte Lebern? Enddarminhalte? Abnorm bewegliche Arme? Über die elenden Ergebnisse der großen Fluchten – in Alkohol und BTM? Über die Opfer, die eine durchgeknallte Gesellschaft eben produziert – *Unfälle!* Haushalt-Straßenverkehr-Baustellen. *Das* sind die Gewaltnester. Da kommen die geschundenen Leiber her, auf unsere Tische. *Das* interessiert keinen von den Gangstern auf den Wahlplakaten. Hauptstadt des Verbrechens! Ja, dann entwaffnet doch die ganzen irren Autofetischisten! Und selbst Feuerteufel schaffen in dieser Stadt dreimal so viele Leichen wie eure geliebten Mörder und Totschläger! Aber *da*von redet kein Mensch! »– und? Was liegt *hier* an?«

»Radfahrerin, knapp neunundzwanzig, gestern nachmittag von einem Stahlträger erschlagen, der soll aus der Kranhalterung gerutscht sein.«

Und *da*rüber will doch hier auch keiner mehr reden. David vielleicht. Aber die Studenten? Die andern Kollegen? Der Chef? Die Staatsanwälte? Die einen wollen ihre Gutachten, der andere macht seine Lehrbücher, und die Studentinnen schwärmen ihn an, nein, bei so jemandem studieren zu dürfen! So einer *Konifere!* Was soll man da reden? Meine Damen, das heißt nicht Konifere, das heißt – ja, so ähnlich wie der Kollege hier, Dr. David F. Koreff – *was* hat der gesagt – hab ich das richtig – »Baustelle?!«

»Ja. Nummer neunzehn dies Jahr. Komm, zieh dich um, die KriPo scharrt schon mit den Hufen.«

»Und wieso kicherst du?«

»Dein Lieblingsstudent muß heute ran –«.

»Der Klugschwätzer?« Warum so Leute partout Rechtsmedizin studieren, weiß auch kein Mensch. Letztes Mal war er pünktlich mit Kopf gegen die Tür geknallt und konnte nicht.

»Mal sehen, was er sich diesmal einfallen läßt – ach so, ich muß dir noch was –«.

David ist wirklich der einzige Lichtblick hier. Kein Wort zuviel, kein Schritt zu nahe.

»– sagen, damit du die erste bist: Ich hab gekündigt –«.

■

Schluß. Weg. Schschsch. Ich will nichts mehr hören. Nichts. Gar nichts. Kein Wort. Ich will einfach meine Arbeit machen und nichts mehr wissen. Das hat doch alles keinen Zweck. Was soll ich da noch sagen. »Sektion am 27. September 1995 Beginn acht Uhr dreizehn Stunden nach dem Tod Name –«. Muß die auch noch Ingeborg heißen. Elf plus zwei. Sicherheitsabstand. »Beruf Erzieherin Alter achtundzwanzig Jahre Vorgeschichte –«, wo ist denn der KriPo-Mann jetzt hin – Polizei ist auch nie da, wo man sie braucht – ich brauch doch die Vorgeschichte jetzt – was macht *der* denn da, dieser – Volltrottel! Warum müssen so Leute partout sezieren lernen – jetzt blutet der auch noch – Himmel, der schmeißt alles – »David, der hat sich den kleinen Finger angesäbelt! Schnell, schaff den raus hier, bevor ich –«. Ich könnte explodieren. Der kann ja nicht mal ein Skalpell richtig halten – oh junger Mann, *Sie* haben eine Bombenkarriere vor sich! Sie sind jetzt schon eine echte – eine Konifere – das heißt nicht Konifere, das heißt Koreff – dieser Verräter! Was grinst der denn jetzt auch noch! Läßt mich im Stich, kündigt einfach – bricht alles weg – Millimeter – und grinst auch noch! Steht da, als hätte er Zement in den Schuhen und – und was lallt der kleine Klugscheißer da? Willst du vielleicht noch auf *La*

Bohème machen, bloß wegen deinem albernen kleinen Finger? Hier liegt eine Tote, du herzloser Frosch! Die ist genau so jung wie du. Und die hat einen zerschmetterten Kopf und wer weiß was noch alles. Und du krakeelst hier rum wegen einem kleinen Finger? Seid ihr alle noch ganz *sauber!* Hier liegt ein Mensch, und die Würde des Menschen endet *nicht* mit dem Tod. »Und jetzt verschwinden Sie, junger Mann, kleben Sie ein Pflaster drauf und versenken Sie sich in die Anatomie der Hand. Dann wissen Sie: Der kleine Finger ist im Grunde ein Luxus, den die Hand sich erlaubt.«

To be on the safe side. »Äußere Besichtigung erstens: Einsneunundsechzig lange und neunundfünfzig Kilo schwere Leiche einer jungen Frau« – *Ingeborg* – wie *macht* die das – paradox – Pentobarbital hundert Milligramm täglich – Millimeterpapier – schschsch! Weg. Alles weg. Sicherheitsabstand. Elf plus zwei mal hundert. Seit *dem* Augenblick –« sechstens: ausgedehnte Riß-Quetsch-Wunde in der Kopfschwarte über dem Schädeldach« – da hat sie angefangen – »verstehste? Allet andre können Pflanzen ooch, und Tiere. Det richtje Leben is'n Ding im Kopp – *da* fängtet an« – was für ein Glück – unser kleiner Kreisler – sollen wenigstens die Tiere in Ruhe lassen mit ihrem Gewahlkämpfe da! Rot-grüne Laus! Und bald wieder Ratten und Schmeißfliegen oder was! Politiker, elende. Bombentester. Stimmungschürer. Bombenstimmung. Wenn hier jemand das Recht hat, Bomben zu schmeißen, dann – bricht alles weg einfach – Kreisler-Iwona-Moni-Kreta-Eta-David – und da glaubt dieser Atollzerstörer – Atomzer- »scherbenartige Zertrümmerung der Kalotte mit Eintreibung von Knochenfragmenten in die Schädelhöhle« – Verbrecher – *das* ist organisiertes Verbrechen – in die Eingeweide treiben sollte man denen ihre – Erzieherin war sie – und wenn die nun zufällig mitsamt einem Trupp Kinder da langgelaufen wär! »Teilweise Austritt von Hirngewebe aus der Wunde, hierdurch erhebliche Deformierung der oberen Kopfhälfte.« Ingeborg. Im Kopp. Fängtet an. Die berlinert immer noch, verrücktes Huhn. In *dem* Augenblick, sagt sie, hab ich angefangen zu *leben:* Als ick wußte, ick kann et jederzeit lassen. Paradox – alles – schschsch! Funktioniert bei *ihr* – nicht bei – oder?

»Neuntens: Scharf begrenzte bandartige breitflächige Schürfung, teilweise mit Ablederung an linker Schulter und Oberarm –«. Oder – was? Ponto, sag *du* mal – soll *ich* jetzt vielleicht Bomben – to be on the safe – Waffengleichheit – Gleichgewicht des Schreckens – besides, wo hat sie *den* Spruch noch hergehabt? Besides, life is an exercise in controlled despair – paradox so ein Satz für Ingeborg – nicht für *mich* – oder? Lethinal zum Lebenkönnen, Bomben zum – die sind doch alle nicht ganz sauber, stimmt's, Ponto – Himmel! Mein armer kleiner Mops, hoffentlich mußt du nicht zu sehr frieren ohne Heizung – nachher komm ich ja – das Wetter ist doch auch völlig verrückt – Altweibersommer und dann nahtlos in den Winter – und das Schicksal ist ein Arschloch – ich weiß ja nicht mal, was da *rein* muß, in so Bomben – obwohl man sich *das* wohl beschaffen – fängt alles im Kopf an – und *dieser* Ingeborg haben sie ihn zerschlagen – die – schschsch! Ingeborg! *Dein* Paradox – oder –. »Wieso? Nichts, David, was soll *ich* haben? Bin in Bombenstimmung, danke.«

Oder –.

September 1995 / März 1997

0

»... tachykardische *Zeiten* da draußen. Das ist *auch* die reinste Herzrhythmusstörung. Sei froh, daß *du* nicht mehr raus – Eddy?!« Ich stolpere die Vier-Meter-Schneise zwischen Balkontür und Kanzleischreibtisch – darauf, ziemlich eingestaubt, *The Alamo 1836* in Pappe – zurück zum Bett. Ich wollte mir doch bloß mal die Beine vertreten! Wieso *hängt* denn ihr Kopf jetzt so – »du mußt das doch nicht gleich wörtlich nehmen!«

»Wie denn sonst!« Sie hebt die Lider und verpaßt mir einen ihrer Blicke. Not amused at all. »Soll ich dein Gekäkker vielleicht bildlich nehmen? Ich konnte Expressionismus nie verknusen. Mangel an Disziplin, Dramaturgie und Denken. Kann man machen, wenn man zwanzig ist.« Dann bringt sie Rückgrat, Hals und Kopf wieder in eine aufrechte Position, sortiert kerzengerade die verrutschten Zettelchen auf dem Klapptablett, das sie inzwischen als Basis braucht, und kuckt mich an, als ob sie den Sitzgurt zugeklackt hat und auf das Schwimmwesten- und Sauerstoffmaskenballett wartet.

Hat sie mich etwa getestet? Einschaltquote live gespielt? Bei Langeweile zapp und weg? Es ist Sonnabendnachmittag. Ich versuche seit einer halben Stunde einen Schnellrapport über das halbe Jahr, in dem Eddy zwischen OPs und Reha-Zentren gependelt ist. Die wundersame Vermehrung der Agentur OMNI um die Firma RENT-A-SCHEUSAL ist ja keine Vorabendserie mit Wäscheleinendramaturgie! Wenn auch beruhigend lukrativ. »Danke, Eddy. Ich *weiß*, daß ich auf die Fünfzig zugaloppiere.« Ich beziehe wieder meinen traditionellen Posten auf dem getarnten 00-Stuhl neben ihrem Queen-Size-Bett.

»Gib nicht so schaurig an, du Küken. Gerade vierzig geworden – ich bin vierundneunzig.« Huldvoll. Oder hinterhältig?

»Jaja. Jünger werden wir alle nicht.« *Mich* langweilen Themen wie Altern. Außerdem ist sie erst *drei*undneunzig.

»Jünger! Das ist auch so einer. Nichts zu erzählen, aber *so* ein Bohei. Etappen-Parvenü! Was sind das hier eigentlich für Sitten? Sind wir neuerdings Temperenzler?« Ich springe wieder hoch. Der Stuhl mit dem eingebauten Nachttopf knallt gegen den Wäscheschrank. Eine Tür knarzt auf. Irgendwas fehlt doch da. Hat sie –? Sie hat. Ihre Pinup-Blondchen abgemacht! »Ich dachte, *nach* den Operationen –«.

»Laß meinen Egon in Frieden, den brauch ich noch!« Doch hinterhältig, das Grinsen. Wie ein Rudel Salmonellen. »Ich habe dem Dokter lediglich versprochen: No Jever for me. Und? Siehst du die Marke hier irgendwo?«

Nein. Aber zehn verschiedene andere, paarweise aufgereiht im Kühlschrank.

»Holsten knallt am dollsten«, röhrt es hinter mir her, »aber bring *mir* –«.

– den Kopf von Alfredo Garcia, wie komm ich denn jetzt *da*rauf? Holsten gibt's gar nicht. Nur acht wiederauferstandene Ostmarken und zwei mexikanische Maisbiere. Im Gemüsefach keine japanischen Reiscräcker, sondern Nachos. Wer hat ihr denn *die* ethnische Wende – kommen ihre Anbeterinnen jetzt auch aus Lateinamerika? Oder hat sie etwa eine neue – ein latin lover girl? Ich klicke zwei Flaschen Corona auf, schütte die Nachos in die geschmacklose Gebäckschale, die sie vor weit über fünfzig Jahren einer Nazisse geklaut hat, die sie fast verpfiffen hätte (wegen Feindsenderhörens!), und entnehme dem Geröhre aus etwa fünf Metern Entfernung, daß ich eine Untertasse mitbringen soll, daß die neue »Essen-auf-Rädern«-Firma entschieden besser ist (»Tex-Mex, du kannst es aber auch scharf haben!«), daß die Sexbomben im Spind verblichen waren, aber Betablocker sowieso *jede* Libido auf Nulldiät setzen. »– typisch pfäffische Scharlatane! Gesichtskreis null Grad, aber sowas halten *die* für einen Standpunkt! Soll ich mir das vielleicht jedesmal antun, wenn die Schranktür wieder von allein aufgeht? Näh! Einmal die Woche *dein* Anblick reicht mir als Frust. Im übrigen ist deine neue Frisur auch zum Abgewöhnen, danke!«

Limonen finde ich nicht, also stelle ich ihr eine Flasche aufs Tablett und die scheußliche Schale zwischen uns auf die Bettkante, lasse mich wieder auf den Egon fallen und halte ihr fragend die Untertasse hin.

»Du mußt schon entschuldigen, richtige Aschenbecher besitze ich nicht.«

Was denn – darf ich heute in ihrem vollgestopften, niedrigen Zimmerchen rauchen?

»Willst du mir vielleicht *auch* eine anbieten! Nun kuck nicht wie General Santa Anna, als Texas, Nuh-Mexiko *und* Kalifornien an die Amis fiel! Ja, ich *rauche* wieder. Von irgendwas *muß* der Mensch ja endlich sterben!«

Der Mensch Eddy. Wie sie leibt (Arthroseschmerzen im Abo und ziemlich immobil) und lebt (noch hundert Jahre soll sie!). Tex-Mex, kein Sex. Aber Geräuchertes hält ewig.

Das sage ich ihr natürlich nicht.

»Sooo«, gniffelt sie, nun wieder huldvoll, nach drei tiefen Lungenzügen und zwölf fabelhaften Rauchringen, »und jetzt kippst du noch die Balkontür an, und dann klärst du mich freundlicherweise auf, was für eine krause Geschichte das werden soll, mit diesen ganzen Nullen da!«

■

Es war ein wunderschöner Spätnachmittag im Februar. Ein Mittwoch. Doch, Eddy, es *gab* in diesem Februar ein paar Tage, da kannst du Frühling zu sagen. Blaues Band, laue Lüfte. Nein, man *kann* sich auf nichts mehr verlassen. Deshalb *haben* wir ja RENT-A-SCHEUSAL gegründet – wie wer ist wir! Ich und Agnieszka. Oh doch, und *wie* du die kennst. Du hast die seinerzeit angebaggert, daß hier die Bude gedampft hat. Weißt du noch? Riesenfüße, auf dem Kopf eine Art Kahlschlag zwischen Mausgrau und Strohblond, hellblaue Augen, Ende vierzig – genau! Der Traum deiner harngetriebenen schlaflosen Nächte. Die army dyke aus dem Lehrbuch – wie die hieß doch Piotra! Es soll Leute geben, die kommen mit *einem* Namen nicht hin. Weißt *du* doch am besten. Wie viele hattest *du* damals, als du am »Tausendjährigen Reich« gesäbelt hast? Richtig, da wurde dann nichts draus. Ich hätt's euch gegönnt, aber Agnieszka, also Piotra war ja plötzlich leider ans andere Ufer übergelaufen. Doch, *das* stimmt. Und sie mußte wirklich weg, nach *dem* Schlamassel damals – wieso kommt davon, wenn man sich mit Schwuchteln ins Bett legt! *Du* hast dir Officer Kims Schnurren aus dem Golfkrieg gern angehört. Ich denke, ich soll *nicht* bei Null anfangen!

Na schön. Also, Piotra mußte weg. Was weiß *ich* wohin. Polen, vermutlich. Mir wurscht. Und jetzt ist Agnieszka wieder da. Seit – Weihnachten. Wie wo! Unten. Der Okkulti-Multi ist ja raus, seit ich den Inhaber der Immobilienfirma kennengelernt hab, die unser Haus jetzt verwaltet. *Das* mußt du doch noch wissen! Oder säbeln die bei Herzoperationen auch graue Zellen mit weg? Ich bin jetzt Hauptmieterin. Wir haben den Ballsaal unten geteilt. Agnieszka wohnt links. In der Mitte, wo die Treppe ist – ja, das Geländer ist immer noch lebensgefährlich, so ab 0,7 Promille – haben wir eine luxuriöse Naßzelle mit Blick über die Dächer gebaut. Und rechts ist jetzt ein exquisiter Empfangsraum mit Einbauküche.

Nein, nicht alles. Selber gemacht hab ich nur die Planung. Organisiert hat Agnieszka, und gebaut haben Zeugen Jagodas – wieso Sekte! Das ist eine Arbeitslose-Handwerker-Initiative. War eine Heidenarbeit. Ich meine, der Saal war ja völlig runtergetrampelt. Der sah aus wie vierzig Jahre realsozialistisch konserviert. Fenster undicht, Wände gerissen, Fußboden kaputt. Wir hatten gerade alles fertig. Ich war nur noch schnell zu Kaisers Drugstore gelaufen – ach, neue blonde Tönung. Ich sah ja selber aus wie Stube und Küche. Nein, Eddy, braune Locken *stehen* mir nicht. Weiß ich. Aber es *gibt* manchmal Gründe – wie kommst *du* denn jetzt auf Tante Rosa? Ich menstruiere nicht zur Zeit! Das *hat* alles keine übersichtliche Dramaturgie, was hier abgeht! Die Tante übrigens auch nicht. Die war nämlich tatsächlich erschienen. Zwei Tage zu früh. Wird auch immer unberechenbarer. Deshalb mußte ich ja vor allem runter – na, Windeln kaufen! Ich hatte mich richtig drauf gefreut: Erst Badewanne, dann *endlich* den Torpedo raus und – ahhh! Wolfspullover an und ins Bett, auf einer Wolke aus Watte und Windeln – du *auch?* Wann fing das denn bei dir an? Ja, komisch. Ich hab auch das Gefühl. Je älter ich werde. Tampons nur noch, wenn Sozialität angesagt ist. Diese warmen Platscher Blut bei jedem Schritt – hmmm. Hat ja was. Dazu der richtige Rotwein, das richtige Steak, die richtige Musik – es war was von Billie Holiday. Eins von den Stücken mit Lester Young, die dir direkt in die Perle – oh entschuldige, Eddy! Ich hab das schon vor mich hingesummt. Ich wollte gerade das Geländer von der Wendeltreppe *nicht* anfassen, da reißt es mir den Kopf rum. Ich hab ja einen ausgeprägten Sinn für die Ordnung der Dinge – was? Ja! Und in rosiösem Zustand *noch* mehr! Und da war was, das da nicht hingehört. Nein, *nicht* Wodkas Bazookas, Eddy!

Auf der Kunden-Recamière saß Don Katsche, hielt eine LP in der Hand und sah nach Arbeit aus.

■

»Wird das heute ein Musical?« Eddy läßt sich die Untertasse reichen und tippt andeutungsweise ihre Zigarette aus. »Wie viele Namen darf ich von *dem* Herrn notieren?«

»Eigentlich heißt er ja Alfredo Donato Cacciari-Burgnich –«.

»Wie bedauerlich, Tiroler.« Eddy skribbelt.

»Argentinier! Wie kommst du denn auf Tirol?« Ich drücke diskret ihre weiterglimmende Kippe tot. Hoffentlich raucht sie nicht nachts allein im Bett! Ingeborg Bachmann –.

»Ich hatte in den Sechzigern eine Freundin, die war von da und Fußballfan. Die Chose war insgesamt ein bißchen abseits.«

– hatten wir schon. Wie? Was soll das denn jetzt? »Jedenfalls nennen ihn alle Don Katsche. So veröffentlicht er auch.«

»Aha. Künschtler. Oder – Journallje?«

»Er will ein Buch über Berlin –«, hört sie überhaupt zu?

»Oh wie furchtbar. Krimi, was? Machen ja jetzt alle.« Sie setzt den Bleistift ab und kuckt mich kiebig an.

»– genau gesagt: zehn. Ein zehnbändiges Projekt namens *Bloody Berlin*. Und Andreas Blöhendorn war der erste, der es haben wollte.« Ich halte ihr die Schachtel hin, aber sie winkt ab, als wollte sie sagen, labbrige Filterzigaretten hätte *sie* in *ihren* aktiven Jahren nicht mal angekuckt, und schwenkt ihre leere Corona-Flasche. »Und der richtig Kohle investieren wollte. Das war vor drei Jahren.«

»Mir weiter mexikanisch, bitte. Du kannst aber gern das Ostbier mal probieren«, kräht es bis zum Kühlschrank hinter mir her. »Da muß auch Zitronensaft sein!«

»Wie kommst du eigentlich zu *dem* Sortiment?« Ich deponiere meine Flasche Dos Equis auf dem Egon, ihre und ein kanariengelbes Sprühfläschchen auf ihrem Tablett und betrachte ihre schmalgewordenen, sonnengefleckten Hände, die ungelenk trübe Tropfen in den Flaschenhals und daneben kleckern.

»Meine neue Pflegerin –«.

»– ist aus Kuba?« Ich setze meine Flasche an. Limone oder gar nichts. Irgendwas sagt mir, ich soll noch stehenbleiben.

»Mumpitz!« Eddy hält viel von knappstem Ausdruck und Kunstpausen. Während dieser hier rührt sie inbrünstig Kunstzitrone mit dem Bleistift ins Bier. »Aus der Türkei. Ich kann ja kein Türkisch, aber die Stadt heißt so ähnlich wie ›echt Käse hier‹. Der Mann hat einen Imbiß im Osten und kriegt Großhandels –, äh, pfui Deibel!«

Natürlich schäumt das Bier über.

»Wir teilen uns die Handelsspanne«, ergänzt sie kleinlaut, während ich ihr Stift und Zettel entreiße und an meiner Jeans trockentupfe. Dann legt sie beide Hände flach aufs Tablett und starrt sie an. So not amused hab ich sie noch nie gesehen. »Talpsche Pfoten! Ist ja widerlich!«

Ich muß sie ablenken. Tolpatschigkeit kann sie einfach nicht mit Toleranz quittieren. Nicht mal bei andern. Aber Wassertabletten nimmt sie nicht mehr, also kann ich sie nicht vom Ort ihrer Schmach weg- und aufs Klo locken. Ein Vorteil für mich, denn da hängt der einzige Spiegel. Spiegel meide ich zur Zeit, wo ich kann. »Und *die* hat dich auf die Mex-Bier-und-Nacho-Diät gesetzt?«

»Unfug! Du bringst dauernd alles durcheinander!« Es klappt. Sie knurrt wieder. »Das war doch Käthchen!«

Käthchen? Ahaaah?

Sie nimmt auch gnädig die angezündete Zigarette an. »Käthe Goldmann. *Ich* hab immer Emma gesagt, aber das versteht ja heute keiner mehr. Wenn ich dann nicht tanzen darf, will ich keine Revolution!« Die Kippe schaukelt lässig im linken Mundwinkel, während Eddy ihre klammen Zettel neu arrangiert. »Meine Bettnachbarin. Die Nichte fährt viel in die Dommnickanische Republik. Ich weiß gar nicht, was es da so zu glotzen gibt! Käthchen ist ja viel zu alt für mich. Über siebzig!«

Gewiß. Frauen über siebzig *haben* gefälligst kein Liebesleben. Betablocker gehen auf die Libido. Und im Himmel ist Jahrmarkt.

»Kannst *du* das hier noch erkennen?« Sie hält mir einen Zettel mit verwischten Mikrolettern hin.

»Nee, *da*für bin *ich* zu alt.« Gut, daß ich immer noch stehe. Meine Brille hängt in der Jacke und die im Flur. Altersweitsicht heißt das. Nichts gegen Weitsicht. Als ich endlich, bebrillt, Kippe im Mund, Dos Equis in einer Hand, auf dem Egon sitze und nach dem Zettelchen greifen will, zerknüllt sie es.

»Don Quatsche / Blödenhorn / Platte / wo ist Piotra! Mein *Kopp* funktioniert nämlich noch tadellos!« Charmantes Lächeln. Dann ist sie wenigstens mit meiner Brille zufrieden?

Anderthalb Zentimeter Asche gehen ins Bett.

■

Agnieszka – na, dann merk dir jetzt eben *den* Namen! – war auch da. Hermine drang nämlich wieder durch die geschlossene Tür. Nein, Eddy – bloß eine, ich glaub, belgische Popmaus. Achtziger Jahre. Agnieszka hört anfallsweise *ein* Stück als Endlosschleife. Wieso wieso? Moralische Aufrüstung, was weiß ich. Sie mußte an *dem* Abend noch unsere dos cubanos einsammeln. Wir hatten einen von den herberen Aufträgen – nein, *die* gehen extra. Fünfhundert pro Nase – zuviel? Nee, bis jetzt haben *alle* die gelöhnt. So zwei Kubaner, ziemlich schwarz, ziemlich groß und ziemlich muskulös, können so ein Verfahren ja ziemlich beschleunigen. Auch wenn sie bloß dabeistehen und ziemlich non-verbal kucken. *Unsere* Auftraggeber wollen nur eins: Ihre Außenstände *schnell* eingetrieben kriegen. Wir? Na, in normalen Fällen fünf Riesen cash und schwarz, Hälfte bei Handschlag, Rest nach erfolgreichem Inkasso. Wie wie *läuft* eine Firma, die nur Schwarzeinnahmen macht? Blendend, Eddy! Vorausgesetzt, es gibt sie nicht. RENT-A-SCHEUSAL ist bestens eingeführt, aber doch nicht einge*tragen!* Auf dem Schild steht wie immer AGENTUR OMNI, und die gehört mir und beschäftigt eine Teilzeitkraft namens Litkova Komma Agnieszka. *Mehr* kann OMNI sich leider nicht leisten. Schmutzige Ehewäsche *ist* nun mal nicht mein Metier, und die fetten Aufträge greifen die Firmen ab, deren Personal zu Ostzeiten tote Briefkästen in Transit-WCs verwaltet hat. Inklusive Skizzen von Pißrinnen und Fallklosetts – wieso pfui Deibel! Stasi wird gern genommen. Oh nein, Eddy, *nicht* bloß vom rheinischen Großkapital! Was bleibt? Zum Beispiel *unsere* Marktlücke: Notwehr gegen Niedertracht, saubere und chirurgisch präzise Angriffe auf organisierte klein- und großkriminelle Lumpereien. Wo nicht mal mehr die öffentliche Hand Leistungen komplett und *pünktlich* bezahlt, gehen ja nicht bloß *Klein*betriebe in Serie pleite – wieso reaktionärer Mittelstand! Wollen wir hier Lohn-Preis-Pommfritt im ausgehenden zweiten Jahrtausend – nein? Dann darf ich –?

Danke! Don Katsche. Uralt-Kumpel von Orwell – wie wo *der* geblieben – achja, *kannst* du nicht wissen. Erik Blaer ward zwangsverpflichtet, von seiner Gattin – nein, die *ist* nicht auszuhalten, aber er wird ja nun mal von *ihr* ausgehalten. Nein, wie ein kesser Vater anno Börsenkrach läuft sie nicht mehr rum, nur noch wie der Großmutterklon von Angela Merkel – Eddy! *Ich* hab *auch* nie kapiert, wieso manche Lesben sich ausstaffieren, als müßten sie zum Bewerbungsgespräch für eine Lebensstelle als Panzersperre! Mit Betablockern hat *das* gar – jetzt *laß* mich doch mal! Also. Orwell fördert jetzt den Einstieg von Herma, nee: Hertha in die Bundesliga. Wieso traumhaft! Der ist seit Januar wie Dr. Orwell und Mr. Blaer. Der muß sich doch zerreißen, als eingefleischter Bayern-Junkie.

Gut. *Doch* bei Null. Geboren 1950 in Buenos Aires. In Berlin seit 1970. Nein, West. Ja, die ganze Zeit. Der *kann* nicht zurück – frag mich was Leichteres, politische Gründe, was weiß ich. Mir wurscht. Don Katsche ist nämlich ein wirklich netter Kerl. Bißchen versponnen, immer bei den losern. Dabei ist der ein Sprachgenie. Beschissen bezahlt, das Übliche. Schlägt sich eben so durch. Ich? Na, zehn, fünfzehn Jahre kenne ich ihn wohl. Und seine Idee mit dem Tango – wie welche Platte. Ach so. Ja klar war das eine Tangoplatte. Astor Piazzolla y su Quinteto Nuevo Tango. *Hora Zero*. Persönlich bekritzelt vom Meister. Wieso Tangogeiger? Akkordeon! Ich rede von TANGO! Nicht von dem verklemmten Gezucke und Getrample, was hierzulande das Fernsehballett – mein liebes Fräulein Eddy! Wenn *ich* von Fußball und anderen Kleine-Jungs-Kriegen null Ahnung habe, dann ist *deine* in Sachen Musik doppelnull!

Tango ist die Musik von Buenos Aires, und das ist eine Weltstadt, und so Städte leben nicht bloß von Steinen und Menschen, die leben *auch* von Bildern und Gerüchen und Klängen, und die zirkulieren durch die ganze Welt – nein, ich *komme* dir jetzt nicht mit Poesiealbum. Das sagt Don Katsche, und deshalb ist er auf der Suche nach dem Tango von Berlin!

Jede Stadt hat ihre Musik, sagt er. »Kannst du dir Paris vorstellen ohne *Fahrstuhl zum Schafott*? New York ohne Blues und Jazz? Migrantenmusik. Gemacht und mitgeschleppt von Leuten, die es da mal hinverschlagen hat, die da hängengeblieben sind – *meine* Familie ist aus Italien nach Buenos Aires gekommen, *meine* Musik ist der Tango, und den hab ich mitgebracht, bis nach Berlin, und dann hab ich ihn endlich auch hier gefunden, Göttin! Mitten auf der Invalidenstraße, am 10. November 1989, morgens um halb vier, als ich mit lauter aufgewühlten Wessis nach Osten geschwappt bin, zwischen verschlafenen Ossis durch, die das alles genauso wenig fassen konnten, da hab ich ihn gehört! Es war dieses Bild. Die funzelige Straße, die grimmeligen Fassaden, die stinkenden Trabis, taumelnde Leute in Pyjamas, der britische und der DDR-Soldat, die zusammen auf der Grenzbaracke tanzen und ins Megaphon bellen, man soll nicht drängeln, sonst geht die Grenzanlage zu Bruch, und alles heult und lacht und bewegt sich wie im Rausch, und da hab ich ihn geschmeckt, meinen Tango. Und mein bloody Berlin. Dreckig, geil, verzweifelt, komisch, sentimental und wieder mitten ins Herz. Tragedia y comedia y kilombo. Und mir war plötzlich klar wie ein Blitz: Der Tango von Berlin ist Text. Texte. Sprache. Sprachen.«

Ja, zu *dem* komm ich gleich – nicht Blödenhorn, Eddy! Blöhendorn. Zeig mal her – Piazzolla, nicht Pizzaiola! Das kann ich nicht entziffern – ach, welcher Verlag. Konstrukt. Ja, *der* Konstrukt-Verlag. DDR-Aushängeschild für realsozialistische Edelfedern – nein, den hat einer deiner rheinischen Kapitalisten gekauft. Horst Diebelitz. Aus Düsseldorf. Nein, Blöhendorn ist Ossi, der wurde übernommen und als Verlagsleiter postiert. Der einzige von fünf ehemaligen Topleuten Ost. Und in dieser Eigenschaft hat der den armen Don Katsche vom Träumer zum Rechner und von loser zum winner befördert. Er war sofort Feuer und Flamme. Zehn Bände mit Texten aus aller Welt, hundert Jahre Berlin, sozusagen von Gründerrausch zu Gründerrausch – das geht weg wie warme Semmeln. Alle Welt interessiert sich jetzt für Berlin, also Auslandslizenzen en gros. Um die Jahrtausendwende zieht die Bundesregierung hierher, bis dahin ist die Reihe komplett, also Sonderausgabe im Schuber für jeden Bonner Beamten. Wochenlang haben die getüftelt und kalkuliert. Eine Million sollte das Ding kosten, pro Band hunderttausend, davon zehn fürs Edieren als Vorschuß an Don Katsche. Dazu Honorare für eigene Texte und natürlich für Übersetzungen. Spanische, italienische, portugiesische, französische und englische Texte kann er ja selbst verdeutschen. Er hatte sich ausgerechnet, daß ungefähr hundert Riesen pro Jahr bei ihm hängenbleiben könnten und er fünf Jahre brauchen würde. Er war endlich saniert. Und er konnte reisen.

An einem Freitag im Mai 1994 gab's den Handschlag, Blöhendorn sagt, gleich Montag läßt er die Verträge schreiben – was heißt hier langweilige Erfolgsstory, Eddy! Don Katsche hat drei Wochen gewartet – null. Dann hat er ihn im Verlag angerufen – nee, null nicht. *Gesagt* hat man ihm schon was: Der Herr sei hier völlig unbekannt! Verstehst du? Die haben so getan, als hätte es den Mann nie gegeben – wie wer! Die Wachteln von der Zentrale. »In Blockwartdeutsch«, sagt Don Katsche, »die klangen wie Lysol pur.«

Ja, gleich hol ich Bier. Jetzt laß mich doch mit dem blöden Bazookas in Ruhe! Mir wurscht, ob du den Namen neulich in der Zeitung gelesen hast, Eddy! Den *gibt's* nicht! Wieso Piotra – jetzt bring du mich doch nicht durcheinander! Agnieszka war sofort dabei. Nein, die kam von selbst dazu. Volle Desert-Storm-Tarnung, Fliegerstiefel nee, Waffen einer Frau ist *mein* Revier. Och, was so anfällt, Eddy. Als sitzengelassene Geliebte im Amt des Betreffenden aufkreuzen, Abtreibung an die Wand malen, sexuelle Belästigung glaubhaft machen – naja? Was glaubst *du* denn, wieso ich im Augenblick aussehen muß wie Marianne Koch als Ado-Gardine! Aber *gern* mach ich's kurz. Ich saß auf der Recamière, im Kopf *Trav'lin All Alone*, im Bauch noch immer diesen nervenden Torpedo. Don Katsche hatte sich vor mir auf die Knie geworfen, *Hora Zero* in meinen nach Asozialität lechzenden Schoß gelegt und mich gerade angeschrien: »Ich *kann* dir sonst nichts *bieten*, Göttin!« Da fliegt die Tür auf, hereinstürmt ein Original-Golfkriegskommando, und hinterherpiepst ein französisches Stimmchen: »Zere's plenntie of menn ien mai laif, böt zere's not ienaff laif ien mai menn ...«

■

»Uhhh, schmeckt wie Semperoper!« Eddy kräuselt die Lippen und stellt die Flasche behutsam in Sicherheitsabstand zu den Zettelchen. »Also, wieviel hat der mitgehen lassen?«

Nach Mariachis ist Oper immer ein Abstieg. »Wie kommst du auf Geld? *Deiner* Theorie nach gehen doch *Frauen* ans Geld –«.

»Erstens hast du mir noch keine Frau serviert. Zweitens *geht* es ja wohl um Geld, und ein toter Blödelhorn wäre auch die Null-Linie für deine Geschichte. Aber *die* fängt ja wohl erst an. Drittens muß man geschmeidig sein. Dogmatismus macht einsam und führt meist zu Blutbädern.« Wieder so ein vertracktes Grinsen. Ein Gemisch aus Natodraht und Schmusewolle. Sie deutet auf die Untertasse. »Wie wär's mit einem neuen Aschenbecher? Das da kannst du auf den Balkon stellen, wäscht Frau Yüksel ab, nachdem *du* ja derzeit nicht ›menstruierst‹.«

Geschmeidig? Soso. Kann man sowas *auch* operieren? Kann sie etwa wieder Pappschlachten schlagen? In der Speisekammer finde ich ein Weckglas samt Deckel. Ich nehme auch ein Wernesgrüner für Eddy mit, als Ersatz. »Hast *du* dir die *Battle of The Alamo* da aufgebaut?«

»Die?« Sie hält ihr Radeberger umklammert und blitzt mich kampflustig an. Eddy hat immer gegessen, was auf den Tisch kommt. Getrunken auch. Es hing in ihrem Leben zu oft zuviel davon ab, daß überhaupt was draufkam. »Gehört dem Sohn von Frau Yüksel.«

Ich knobele, während ich mich wieder auf den Egon

setze, welchem der beiden offenen Biere ich den Vorzug gebe, lege den Deckel aufs Bett: »Zum Ausdrücken«, und halte ihr das Weckglas hin. »Und der ist bei der PKK und lernt Krieg?«

»Du scheinst deine Schaukel lange nicht mehr genutzt zu haben. Deine Schußfolgerungen waren früher logischer.« Sie schnippt ihre Zigarette elegant in Richtung Weckglas. »Der lernt Polizist!«

Diesmal gehen gut zwei Zentimeter Asche ins Bett. Vermutlich nicht die letzten.

»Angeblich zehn Millionen.« Ich entscheide mich für Wernesgrüner und gegen Matratzenklopfen. Ich muß Eddy nächstes Mal einen Satz großkalibrige Aschenbecher mitbringen.

»Zehn Millionen fehlen bei Konstrukt, seit dieser Blödmann da verschollen ist? Sauber! Und *wer* bitte behauptet das?«

»Das ist ein Gerücht, das Orwell –«.

»Ich denke, der ist auch verschollen.«

»Verschollen doch nicht. Der hat bloß kaum noch Zeit für OMNI, seit er dem Geldadel am Gemächte tätscheln und dauernd Kicker auskucken fahren muß. Orwell gehört jetzt voll zu Chichi City.« Gleich verbrennt sie sich die Finger. Soll ich ihr die Kippe entwinden, bevor sie sie aus Versehen auf der Matratze ausdrückt? Glas ist schwer zu erkennen. Erst recht in der undurchsichtigen, bläulichen Dämmerung, die sich allmählich um uns herumschmiegt.

»Ich nehme an, du meinst die Oberen Zehntausend.« Eddy flitscht die Kippe treffsicher – ins Weckglas. Brennend. »Und *der* gehört wohl auch dazu, dieser Schniedelwutz?«

»Wer?« Ich hätte schneller sein sollen, verdammt nochmal. Wer kriegt denn so ein glimmendes, qualmendes Ding wieder aus so einem Glas, mit einer Flasche in einer und der eigenen brennenden Zigarette in der andern Hand!

»Na, dieser Aufkäufer aus Wirsing City, über den du dich bisher auffallend ausgeschwiegen hast.« Sie stützt sich auf das Tablett, um *meine* talpschen Pfoten in Ruhe zu genießen. »Tropfen Bier drauf. Reicht vollkommen.«

■

Der Mann heißt Diebelitz, Eddy. Horst Diebelitz. Schreibst du das eigentlich schon falsch mit, oder kannst du deine Miniaturen *auch* nicht mehr entziffern? Soll ich mal Licht machen? Nein? Och, ich dachte, je besser du *mich* siehst, desto lieber nimmst du deine Beta – nein? Dann nicht.

Da*zu* gehört der immer noch nicht, obwohl er sich mächtig ins Zeug legt. Retter der Kultur, Herz schlägt für die Literatur, *die* Platte. Gilt aber allgemein als Windhund. Wahrscheinlich weil er früher mal Cliquot-Kommunist war. Wie *wer* ist Kliekóh! Champagner, mein teures Fräulein. Agnieszka hatte dir damals ein Fläschchen mitgebracht – wieso pfui Deibel? *Du* hast dein Glas auf ex leergefegt – was heißt bloß wegen Piotra! Danach hast du gegurrt wie ein ganzer Taubenhorst – ach Quatsch! Wir sind bei Diebelitz-Horst! Dieses Söhnlein von Tante Wirtschaft und Onkel Wunder war natürlich als Student in der KPD – wie die gab's da nicht mehr! *Deine* KPD doch nicht. Ja ganz recht, eine von diesen Neuauflagen – Oh-Ah? Ohne Arbeiter, ah. *Wir* haben immer KPD-Ah-Null gesagt. Sektierer? Naja. Kapitalschulung im Kaschmirmantel – *wie* so sechs wie wir fünf! Soll ich *dir* was erzählen oder du *mir*? Dann merk dir den Spruch und sag ihn mir später –.

Wo war ich? Ach ja. Dann kriegt er eins von Papas Subunternehmen – na Immobilien, was sonst? Nein, *die* Branche ist für Sauberkeit *nicht* bekannt. Was für Geschäfte? Tja. Soweit Orwell der Gerüchteküche entlockt hat, alles – von heißem Abriß über EG-Förderung und höchst unfreundliche Übernahmen bis zu treuhandgeförderten Restitutionsdeals und blanker Umrubelei – wie *wer?* Die Konkurrenz sagt das. Klar hat die *ihre* Interessen – genau, wenn Geldwäscher Geldwäscher Geldwäscher schimpfen! Das Vermögen – naja, *da*rüber gehen die Meinungen auseinander. Die einen sagen, für Kopper wären das noch peanuts – was denn für ein Frühstückchen, Eddy? Hilmar! Deutsche Bank – hast *du* vergessen?

Wie was Orwell mit der Sache zu tun hat? Der hatte Don Katsche doch jahrelang durchhängen sehen. Am Anfang hat er ihn zu jedem Union-Spiel geschleift – nein, Katsche ist keiner, aber Blödendorn. Und zwar Union-Berlin-Fan, das wußte Don Katsche. Zum Anwalt hat er ihn auch geschleppt. Der hat mitleidig gegrinst: »Handschlag? Wo kommen *Sie* denn her!« Die Rechnung über zweihundert Mark hat Orwell seiner Gattin untergemogelt. Und dann hat er sogar das »No Pasdaran« aufgemischt – ach, eine von deren Stammkneipen, war früher mal Treffpunkt von Exil-Iranern. Republikaner? Ach, *spanische!* Keine Ahnung. Also, der Wirt da hatte Katsche angepflaumt: »Nu hör uff mit deine ewije Räuberpistole, Knallfredo. Wir sind hier nich in Bonnes Aires –«, und zonk! Saalschlacht. Seitdem hat Orwell nie mehr was von eigener Nase und was direkt davor liegt erwähnt – was? Ob *ich* deshalb *weit*sichtig werde?

Agnieszka allerdings hatte noch mehr Weitsicht. Signierte Platte schön und gut, hat sie gesagt, aber wir machen das anders: Katsche zahlt eine symbolische Mark, wir sorgen dafür, daß da Nullen drankommen, und kriegen zehn Prozent von allem. Wovon der lebt? Anonyme Recherchen für anderer Leute Drehbücher, bißchen Synchronzeug, Dolmetschen für Orwells Förderverein. Aber Polnisch kann er ja nun nicht. Wieso wieso Polnisch – *da* suchen die doch bevorzugt. *Teure* Stars kann Hertha sich doch nicht leisten. Und *da* sieht er ihn plötzlich – wie wer wen! Orwell Blöhendorn! Anfang Februar in Warschau. Beim Geschäftsessen mit so Menschenhändlern. Na, Spielervermittlern! Nein, gekannt hat er den nicht. Er hätte ihn auch nicht bemerkt, wenn der nicht dauernd von Bremen und irgendeinem Trainer geschwärmt hätte, der wohl auf Orwells Shitliste ganz oben – was weiß *ich*, Drehnagel oder so. Die haben sich schwer in die Wolle gekriegt, und *dann* fiel Orwell auf, daß der gar kein Polnisch konnte, aber Deutsch-Pole sein sollte, und der Name paßte auch nicht zu dem Siegelring, auf dem A.B. stand. Ab da war Orwell nur noch just here for a beer gewesen, hat die Biege gemacht und Don Katsche angerufen. Was heißt schnell! Klar haben wir zuerst auch gedacht, der hat die Kohle abgezockt und in Menschenhandel investiert. Sportler haben eben schönere Profitraten als Bücher. Drei Wochen hat Agnieszka geackert, bis sie raushatte – nee, *ihn* hat sie allein geschafft. Blöhendorn hatte eine Menge Dreck am Stecken, wenn auch die Kohle nicht. Ab *da* ging's schnell, ja.

■

Eddy beißt krachend in den letzten Nacho und schiebt ihre Zettel zusammen. »Weil *du* dich als Ado-Gardine um den Schniedelwutz gewickelt hast, nehme ich an.«

»Als Michelle Pfeiffer in *Die Mafiosibraut* – sagt dir nichts?« *Bevor* die sich die Haare färbt, natürlich! Ich ziehe meine Füße unter Eddys Tablett raus und stehe auf.

»Mir keins mehr, aber«, sie schwenkt ein Zettelchen, »das kannst du schon einstecken, für nächstes Mal.«

Anständige Rauchwaren! dechiffriere ich, bevor *ich* zur Abwechslung auf ihr Klo muß.

»Und wo war's – Schweiz? Bahamas?« Wie grinst sie denn? Etwa über mein Gekrieche und Getaste zwischen Egon und Bett, auf der Suche nach meinen Schuhen?

»Vaduz –«.

»Ach! Wanderer kommst du nach Liechtenstein«, sie

knipst generös die Bettlampe an, »tritt nicht vorbei, tritt mitten rein.« Hinterhältig nicht, huldvoll auch nicht. Heiter?

»War eine schöne Dienstreise. Ich und dos cubanos mit im Learjet.« Endlich stehe ich in jägergrünen Pumps – was paßt schon zu braunen Locken! – vor ihr und trinke *mein* Radeberger aus. »Den Vertrag hat er vorher schon unterschrieben. Es werden jetzt nur noch vier Bände. Don Katsche kriegt die Million, die wir da abgeholt haben. Klar schwarz! *Zu*züglich zu den üblichen unauffälligen Honoraren. Wir kriegen unsere hundert Riesen verteilt über die drei Jahre, in denen *Bloody Berlin* entsteht. Und vielleicht kriegt Andreas Blöhendorn einen Tip, wenn Diebelitz – wie bist *du* eigentlich auf den gekommen?«

»*Das* hat mit *richtigen* Zahlen zu tun!« Kunstpause. Eddy nestelt wieder mit ihren Zettelchen. »Hier. Aber erst will ich wissen, wie *du* zu der schauderhaften Frisur gekommen bist!«

»Camouflage. Ist nächstes Mal wieder weg.« Was steht da? *Dieb. Sekt. → Dogm.* und darunter dick *EHEM. FÜNF?*

»Wolltest du vorhin ja nicht hören!« Da thront sie, meine alte Freundin, der an diesem ganzen Jahrhundert nur drei Jahre fehlen, streicht nonchalant Asche aus dem Dekolleté ihres Nachthemds und platzt fast vor Lebenserfahrung und pädagogischem Eros. »Wer mal Sektierer war, hat das verinnerlicht: So sechs wie wir fünf gibt's keine vier auf der Welt, wir drei sind die zwei einzigsten. Na? Was sagst du dazu?«

Pfui Deibel.

April 1997

Ms. Europa und die Stadt

Im Anfang war das Wort.
JOHANNES/JOCHANAN

Wörter werden aus Buchstaben gebaut.
Im Hebräischen hat jeder Buchstabe einen Zahlenwert.

Mayas, Chinesen, Griechen, Babylonier
… alle fanden heraus, daß ein
gezeichnetes Symbol, beispielsweise
ein Vogel in ägyptischen Hieroglyphen
oder eine Blume bei den Mayas,
am besten dazu geeignet ist,
eine bestimmte Zahl darzustellen.
Dies waren die ersten Ziffern.
GEORGES IFRAH

Women who excel in mathematics do
so in a system devised by men for the
mastery of nature. Number is the
most imposing and least creaturely
of pacifiers, man's yearning hope
for objectivity.
CAMILLE PAGLIA (1990)

Jede Stadt hat ihr eigenes Schicksal.
ABRAHAM IBN ESRA
TOLEDO 1092-1167

… Berlin dazu verdammt: immerfort
zu werden und niemals zu sein.
KARL SCHEFFLER (1910)

Ich war in Mathe eine Null.
Also hatte ich eine Fünf. Kollektiv verbessert zur Vier.

kabalá (f.) hebräisch für Überlieferung,
Offenbarung, Tradition; jiddisch: kabóle
SALCIA LANDMANN (1964)

Toledo. Granada. Sevilla. Córdoba. Vier Städte an einem äußersten Rand Europas. Drei religiös definierte Kulturkreise: Araber, Juden, Christen. Drei, vier Jahrhunderte zivilisatorisches Gebräu, das ins kollektive Bewußtsein gesickert ist: In Mitteleuropa. Geschichte als zeitweise Realität gewordene Utopie. Kultur als steter Austausch von Eigenartigem. Gesellschaft als friedliche Koexistenz der Verschiedenen.

Unter Kabbala versteht man die jüdische Mystik, die in Spanien im Hochmittelalter entstand und einen starken intellektuellen Anstrich hat, im Gegensatz zur chassidischen Mystik Osteuropas im 18. Jahrhundert.
Hauptwerk: Sohar (Glanz)
Verfasser: Mosche de Leon, 13.Jh.
SALCIA LANDMANN (1968)

An die einheitlichen Wiener, Londoner und Pariser Männertypen darf man (in Berlin) nicht einmal denken. Germanisches, Romanisches, Keltisches, Slawisches und Jüdisches ist so durcheinander gemischt, das Rheinländische, Niederdeutsche, Sächsische, Schlesische, Ostpreußische, Märkische und Polnische geht so charakterlos ineinander auf, daß das Resultat jeder Analyse spottet.
KARL SCHEFFLER (1910)

Blüte. Schmelztiegel der Zivilisationen. La Merica in Europa am Vorabend der Entdeckung der Neuen Welt. Unter der politischen Hoheit maurischer Kalifen: Islamische und jüdische Liberalität und Toleranz gegenüber anders Denkenden, Glaubenden und (auch sexuell) Lebenden. Arabische Eleganz. Jüdische Gelehrsamkeit. Christliches Land- und Handwerk. Die Früchte nähren uns noch heute: Hygiene, Medizin, weltliches Recht; weltliche Dichtung, Bau- und Gartenkunst; Handel, Wandel und Wissenschaft. Und die arabischen Zahlen mitsamt der Null: Einer indischen Entdeckung.

Berlin, diese ganz moderne Stadt, so schön sie immer sein mag, bringt keine feierliche, ernste Wirkung hervor.
MME. DE STAEL (1810)

Zwischen Gewürzkisten, Parfümflaschen
und glänzenden Seidentüchern
hatten die ersten arabischen
Zahlensymbole im 6. Jahrhundert
die Küste Europas erreicht.
GEORGES IFRAH

Hebräische Buchstaben dienen zugleich
als Zahlen. Die Kabbalisten haben
daraus nicht nur mystisch-theoretische
Schlüsse gezogen, sie haben auch
angenommen, daß sich damit
geheime Formeln finden ließen,
mit denen man auf die Realität
einwirken könnte: Zauberformeln.
SALCIA LANDMANN(1964)

Drei Ethnien in wechselseitiger Befruchtung.
Die vierte außen vor gehalten: gitanos. Deutsch: Zigeuner.
Aber auch die bis dahin beste Zivilisation der Alten Welt ertrank in
Strömen von Blut, Schweiß und Tränen, als »Amerika« entdeckt,
als seine vielen verschiedenen Ethnien vernichtet wurden.
Aus dem Drei plus Eine wurde Eine gegen Alle.
Jene una war sancta, ihre reconquista
betrieb das Ende der Zukunft,
ihre Inquisition vertrieb von der Iberischen Halbinsel,
was nicht identisch werden wollte, und mordete,
was nicht schnell genug rauskam. Und mit Juden und Zigeunern,
mit den notorischen Weltenwanderern und gelernten Zugereisten,
tröpfelten die Rinnsale des utopischen Gebräus
nach Norden und Osten über den Kontinent:
Bewegung. Geist. Sprachen. Musik.

Spuren der kabbalistischen Methode
sind in die Gaunersprache Rotwelsch
(und über diese) in die Berliner
Gassensprache eingegangen.
SALCIA LANDMANN (1964)

Wer keine bitteren Erfahrungen und
kein Leid kennt, der hat keine Malice,
und wer keine Malice hat, bekommt
nicht den Teufel in den Leib, und wer
diesen nicht hat, der kann nichts
Kernhaftes arbeiten.
GOTTFRIED KELLER (1851)

Hierzulande muß man müssen, sonst
darf man nicht. Hier geht man nicht wo,
sondern wohin.
FRANZ HESSEL (1929)

Ich werde ein Glanz sein – nie mehr
brauch ich meine Worte ausrechnen –
nichts kann mir mehr passieren an
Verlust und Verachtung, denn ich bin
ein Glanz. Ich bin in Berlin. Seit ein
paar Tagen. Mit einer Nachtfahrt und
noch neunzig Mark übrig. (...)
Und es gibt Frauen mit Pariser Gedufte
(...) und sie lächeln Fremdworte richtig,
wenn sie welche falsch aussprechen (...)
sie sind ihre eigene Umgebung und
knipsen sich an wie elektrische
Birnen, niemand kann ran an
sie durch die Strahlen.
IRMGARD KEUN (1932),
DAS KUNSTSEIDENE MÄDCHEN

Das war der Big Bang des menschlichen
Geistes, nur vergleichbar der Erfindung
des Feuers. Die Entdeckung der Null
hat die intellektuellen Fähigkeiten
des Menschen geprägt.
Ohne Null keine Technik,
kein Fortschritt, keine Wissenschaft.
GEORGES IFRAH

Toledo liegt in der Mitte der Iberischen Halbinsel.
Unweit Aranjuez. Sevilla, Granada und Córdoba liegen in Andalusien:
Gitanoland. Flamencoland. Urformen des Flamenco sind
zum Beispiel die saeta und die solea.
Miles Davis war schwarz, US-Amerikaner und Nachkomme von
afrikanischen Ethnien, die gewaltsam verschleppt wurden in eine
Neue Welt. Middle Passage. In kein La Merica.
Er hat die Weltmusik revolutioniert. Das erste Album,
auf dem er verschiedenste Stücke nach rhythmisch-musikalisch-
thematischen geheimen inneren Verbindungen zusammenfügt,
heißt Sketches of Spain. Es enthält u.a. ein Concierto de Aranjuez,
eine saeta und eine solea, ein Stück von Manuel de Falla:
El Amor brujo. Ein brujo ist ein Zauberer.
Miles Davis und Gil Evans, der Arrangeur, sind dafür verachtet und
verrissen worden. Das war 1959/60. Zehn Jahre später tat er es wie-
der. Das Album hieß diesmal: Bitches Brew.
Deutsch: Huren/Schlampen/Böseweiber-Gebräu.

Die französischen Polizeiorgane
haben sich in der frühen Neuzeit der
temuratischen (kabbalistischen)
Methode zur Anfertigung komplizierter
Polizeicodes bedient. Von all dem
Gesagten wird auch verständlich (...)
der deutsche Begriff »Kabale«.
SALCIA LANDMANN (1964)

Die Kritik, das Negieren jeder Autorität, ist, wenn irgend etwas, ein Charakterzug Berlins. Nichts ist ihr »heilig«, alles wird erst geprüft, kritisiert und dann mit einem Witzwort »abgetan«. (...) Die Macht der Ironie ist in dieser Stadt auch eine allgemeine.
ERNST DRONKE (1846)

Die Frauen (der Bubikopf-Generation) standen tatsächlich im Leben. Lebendig, mutig und sprachbewußt. Temperament, Engagement und Sachlichkeit (...) prägen ihre Handschrift, ihr Denken und ihr mutiges Einstehen für die Zeit, in die sie hineingeboren wurden (...) – eine Republik der kurzfristigen Möglichkeiten. Unerhört wagemutig, von kühler Strenge, Ironie.
ANNA RHEINSBERG (1987), BUBIKOPF

Auch diese unerhörte Freiheit, Wildheit und Verschiedenheit
wurde vertrieben und vernichtet von den mörderischen
Fanatikern des Einen Einzig Richtigen. Zentralperspektive.
Dieser Krieg gegen alles Heterogene hat die Alte Welt
und große Teile der anderen zur Ader gelassen.
Was gerettet werden konnte an Menschen und ihren Schätzen,
überlebte durch Wanderung. Erinnerung.
Neue Verknüpfung. In Zahlen und Buchstaben.

Am schwierigsten bei Sketches of Spain waren die Teile, bei denen ich auf meiner Trompete den Gesang frei nachempfinden mußte. Denn das Lied, die einzelnen Wörter wurden von arabischen Skalen, von schwarzafrikanischen Tonleitern bestimmt, die sich ständig verändern, umkehren, dahinschlängeln und bewegen.
MILES DAVIS (1989)

Berlin, Kabbala.
Ein universales Dorf am Ende des 20.Jahrhunderts.
Die Stadt hat ihr eigenes Schicksal.
Vor allem aber ihre eigene breed: Weiber, Schlampen,
bitches und brujas und solche, die »im Stillen leben
und nicht viel Geräusch machen«. (Gottfried Keller)
Hier blühen sie, die unsentimentalen Asphaltpflanzen.
Berlin, Kabbala ist eine ungefähre Ortsangabe.
Die weißen Räume füllen, Dunkelziffern errechnen,
Europa finden müssen Sie selber.

Quellen und Danksagungen

3'21"

Erstveröffentlichung in Pieke Biermann (Hg.), »Mit, Zorn, Charme und Methode« (Frankfurt/Main 1992)
Dank an Baerbel Becker, die Motorradklitsche Kreuzberg und den MCK für Kupplung und Ferndiagnose.

7.62

Erstveröffentlichung in Pieke Biermann (Hg.), »Wilde Weiber GmbH« (Frankfurt/Main 1993)

7 1/2

Erstveröffentlichung in Reinhard Rohn (Hg.), »Wunderland« (Bergisch-Gladbach 1994)

16.50

Erstveröffentlichung in Sabine Dolt/Diane von Weltzien (Hg.), »Schwestern der Erde« (München 1994).
Dank an Rita Schmitt und Peter Borchardt, nicht nur für das »Leseland«-Zitat!

50:50

Erstveröffentlichung in Thomas Wörtche (Hg.), »Neonschatten« (Bergisch-Gladbach 1994).
Dank an Helen Zahavi, nicht nur für die »faschistischen Hunde«!

11+2

Originalbeitrag 1995/1997.
Dank an E.T.A.Hoffmann und Georg Kreisler, an Rolf Starzonek, meinen pharmazeutischen Berater, für barbitale Dosierung, und an Dr. Markus A. Rothschild, meinen forensischen Cicerone, nicht nur für den wunderbaren Satz vom »kleinen Finger«!

0

Originalbeitrag 1997.

Alle 3 stories mit der Agentur OMNI in memory of Hilde Radusch (1903 Zabrze-1994 Berlin).

Ms. Europa und die Stadt

Die Zitate von *Georges Ifrah*, dem Verfasser der »Universalgeschichte der Zahlen«, verdanke ich einem Interview, das Anna-Patricia Kahn für das »Süddeutsche Zeitungs-Magazin« vom 17. Februar 1995 mit ihm gemacht hat.

Camille Paglias These stammt aus ihrem Buch »Sexual Personae« (New York 1990)

Die Zitate von *Salcia Landmann* sind aus ihren wunderbaren Büchern »Jiddisch – Abenteuer einer Sprache« (München 1964) und »Jüdische Weisheit aus drei Jahrtausenden« (München 1968); in letzterem findet sich auch die urbane Wahrheit des Philosophen, Dichters und Bibel-Kommentators *Abraham Ibn Esra.*

Die Bekundungen über Berlin von *Karl Scheffler, Mme.de Stael, Gottfried Keller* und *Ernst Dronke* verdanke ich Detlef Bluhm und Rainer Nitsche und ihrer echt Berlinischen Schimpfkanonade »Berlin ist das Allerletzte« (Berlin 1993).

Franz Hessels schöner Satz steht natürlich in »Spazieren in Berlin« (Berlin 1929), neu herausgegeben unter dem Titel »Ein Flaneur in Berlin« (Berlin 1984).

Irmgard Keuns »Kunstseidenes Mädchen« erschien zuerst in Berlin 1932; ich hatte die Ausgabe Bergisch-Gladbach 1979.

Anna Rheinsberg hat die Sammlung »Bubikopf – Aufbruch in den Zwanzigern/Texte von Frauen« (München, 1988) nicht nur zusammengetragen, sondern auch mit einem Vorwort versehen; daraus stammt das Zitat, das ich montiert habe.

Miles Davis hat die Besonderheiten bei den Aufnahmen zu »Sketches of Spain« in M.D./Quiny Troupe, »The Autobiography« (New York 1989) veröffentlicht; ich habe nach der deutschen Ausgabe zitiert (Hamburg 1990).

Pieke Biermann, geboren 1950 in Niedersachsen, studierte in Italien und Deutschland; lebt seit Ende der siebziger Jahre in Berlin als Schriftstellerin und Übersetzerin. Ihre bekanntesten Bücher: »Potsdamer Ableben« (1987), »Violetta« (1990) und »Herzrasen« (1993).
Ihre Bücher sind in zahlreiche Sprachen übersetzt und erhielten mehrfach Preise: 3-Sat-Preis beim Ingeborg Bachmann-Wettbewerb 1990, Deutscher Krimipreis 1991 und 1994.